新・日本現代詩文庫 64

新編 原民喜詩集

土曜美術社出版販売

解説 藤島宇内・海老根勲・長津功三良

原 民喜「原爆被災時のノート」

❶

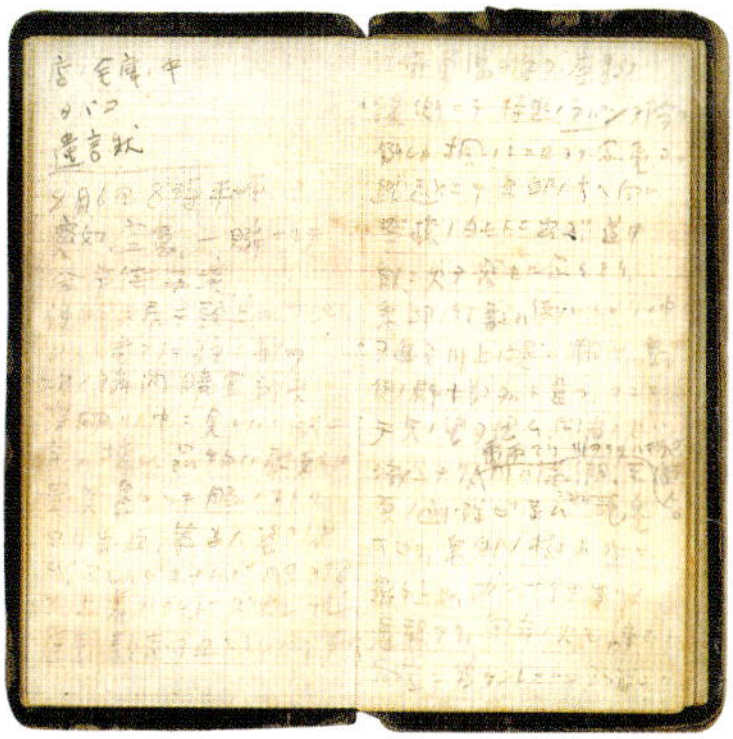

店ノ金庫ノ中
タバコ
遺言状

８月６日８時半頃
突如、空襲、一瞬ニシテ
全市街崩壊
便所ニ居テ頭上ニサクレ
ツスル音アリテ頭ヲ打ツ
次ノ瞬間暗黒到来
薄明リノ中ニ見レバ既ニ
家ハ壊レ、品物ハ飛散ル
異臭鼻ヲツキ眼ノホトリ
ヨリ出血、恭子*1ノ姿ヲ認
ム、マルハダカナレバ服ヲ探
ス　上着ハアレドズボンナシ
達野*2顔面ヲ血マミレニシテ来ル
江崎*3負傷ヲ訴フ　座敷ノ
縁側ニテ持逃ノカバンヲ拾フ
倒レタ楓ノトコロヨリ家屋ヲ
踏越エテ泉邸ノ方へ向ヒ
栄橋ノタモトニ出ズ、道中
既ニ火ヲ発セル家々アリ、
泉邸*4ノ竹藪ハ倒レタリ　ソノ中
ヲ進ミ川上ノ堤ニ溯ル、学
徒ノ群十数名ト逢フ、ココニ
テ兄*5ノ姿ヲ認ム、向岸ノ火ハ
熾ンナリ、雷雨アリ、川ヲミテハ
キ気ヲ催ス人。川ハ満潮、玉
葱ノ函浮ビ来ル、竜巻
オコリ　泉邸ノ樹木空ニ
舞ヒ上ル、カンサイキ来ルノ
虚報アリ、向岸ノ火モ静マリ
向岸ニ移ラントスルニ河岸ニハ

❷

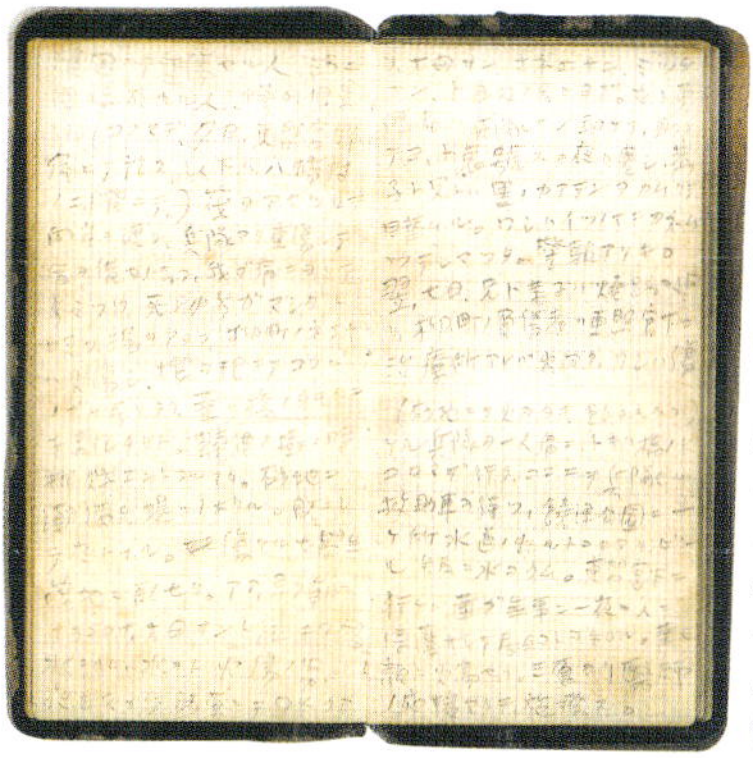

爆風ニテ重傷セル人、河ニ
浸リテ死セル人、惨タル風景
ナリ。（ココマデ、７日東照宮野
宿ニテ記ス。以下ハ八幡村
ノ二階ニテ）筏ヲアヤツリテ
向岸ニ渡ル、兵隊アリ重傷シテ
肩ヲ借セト云フ、我ガ肩ニヨリテ
歩ミツツ、死ンダ方ガマシダト
呪フ、湯ヲアタフ、柳町ノネエ
ヤ*6
ハ火傷シ、桜*7ヲ抱キテココニ
ノガレ居リタリ、華*8ハ橋ノタ
モトニ
テ別レタリト。（砂地ニテ火ヲ
タキ、飯ヲモラフ）饒津*9
ノ樹ノ時
折燃エントスルアリ。砂地ニ
潮満チ、堤ニノボル。既ニシ
テ夜トナル。傷ケル女学生
窪地ニ臥セリ。アア早ク朝ニ
ナランカナ、オ母サント泣キワメク。
水ヲクレ。水ヲト火傷ノ男、
夜モスガラ河原ニテワメクア
リ、オ母サン、オネエサン、ミツチ
ヤン、ト身内ノ名ヲヨブ。女ノ負
傷者ハ兵隊サン助ケテ、助ケ
テヨ、ト哀号ス。夜ハ寒シ、恭
子ト兄トハ黒ノカアテンヲカムリテ
睡ムル。ワレハイツノマニカネム
ツテシマツタ。警報アリキ。
翌、七日　兄ト恭子ハ焼跡ヲ廻
リ、柳町ノ負傷者ハ東照宮*10下ニ
治療所アレバ出向ク、ワレハ傷
ケル兵隊ヲ一人肩ニ、トキハ橋ノト
コロマデ行ク、ココニテ兵隊ハ
救助車ヲ待ツ、饒津公園ニ一
ケ所水道ノ出ルトコロアリ　ビー
ル瓶ニ水ヲクム。東照宮下ニ
行ケバ華ガ無事ニ一夜ヲ人ニ
保護サレテ居タコトヲ知ル。華モ
顔ニ火傷セリ。三原ヨリ医師
ノ応援アリテ、施療ス。

3

路傍ニ臥セル重傷者カギリナシ。頭モ顔モ脹レ上リ、髪ノ毛ハ帽子ヲ境ニ刈リトラレテ居リ、警防団ノ服ヲ着タ青年　石ノ上ニ倒レ、先生、カンゴフサン、誰カ助ケテ下サイト低ク哀願スルアリ。兵隊サン助ケテ、トオラブ[*11]

若キ娘アリ。巡査ハ一々姓名住所ヲ記入シテ、札ヲ渡ス故行列ハ進マズ、暑シ。華ト兄ト原田好子漸ク手当ヲ受ケテ境内ニ帰ルニ、木蔭ラシキモノモナシ、崖ニ材木ヲ渡シテ屋根トシ、ソノ下ニ一同潜ム　江崎モコノ時手当ヲ受ケテココニ来ル、警報アリ、爆音キコユ。握飯一人ニ一個クレル。隣ニハ両手ト足ヲヤラレ、傷ケル男アリ、パンズ[*12]ガ半分軀ニクツツキ、フ

ラフラ。安藤[*13]、三四郎[*14]ムスビヲ持チテ来ル。石段下ノ湧ク水ヲビール瓶ニ汲ミ、カバンヨリクサグサノ品ヲトリ出ス。アタリニハ負傷者ノ倒レ、死ニユクモノ。女子商業[*15]ノ生徒水ヲ求メテウメク。顔ヲ黒焦ゲニシテ臥セル婦人。万身血マミレノ幹部候補生。フン尿、蠅不潔カギリナシ。東照宮ノ欄間ノ彫刻モ石段ノ下ニ落チ、燈籠ノ石モ倒レルルアリ。隣ノ男食ヤ水ヲ求ム。タグレトナレバ侘シ。女子商ノ生徒シキリト水ヲ求ム。夜ハ寒々トシテ臥セル地面ハ固シ。翌朝目ザメテ肩凝ル。広島駅ノ方ヘ行ツテ見ルニ、広島ノ街ハ満目灰白色ナリ、福屋ナドノビルワズカニ残ル。馬一匹、練兵場ニサマヨフアリ。駅ニハ少年水

4

兵作業ヲナス。横川ヨリ汽車アル由キイテ帰ル。臥屋ニ帰レバ陽アタリテ暑シ。昨夜ノ黒焦顔ノ婦人既ニ死ニ、巡査シラベルニ、呉ノ人ナルコトワカル。

学徒モ、日ナタニ死ニタリ。念仏ノ声モキコユ。シカルニ何ゾヤ練兵場ニハラッパヲ吹クアリ。安藤ニギリメシヲ持参。何気ナク食ヒ、コノ悲惨ナル景色ヲ念頭ニオクトキ、梅ノ酸胸ニツカヘテムカツキサウニナル。水ヲノム。石段下ノ涼シキトコロニ、一人イコフ。我ハ奇蹟的ニ無傷ナリシモ、コハ今後生キノビテコノ有様ヲツタヘヨト天ノ命ナランカ。サハレ、仕事ハ多カルベシ。練兵場ニ行キ罹災証明ヲモラツテ居ルト空襲ケ一報、爆音アリ、身ヲ臥ス。オートミイルヲ

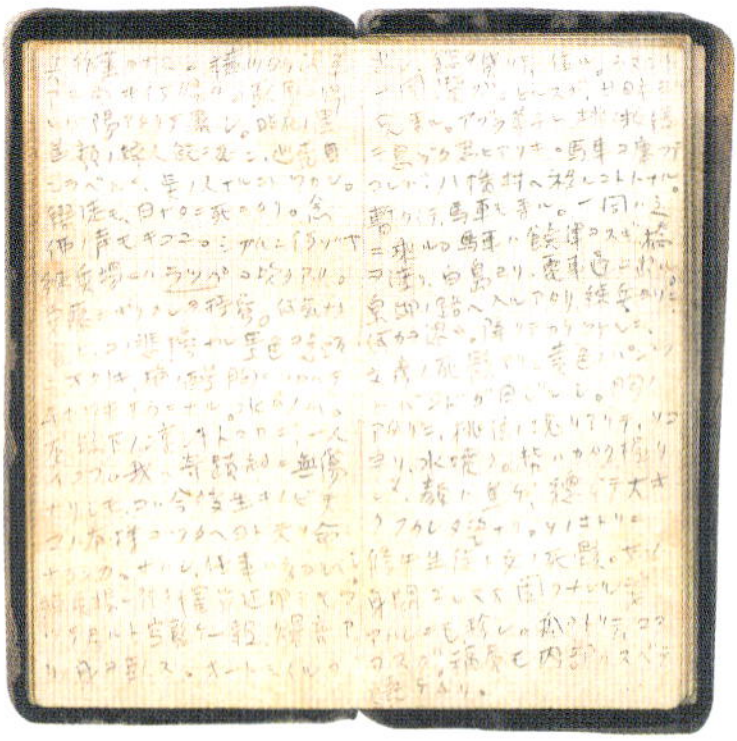

出シ、鍋ヲ借リテ、作ル。ウマシト一同讃ズ。ヒルスギ、廿日市ヨリ兄[*16]来ル。アブラ菓子ト桃ノ救援ニ息ヅク思ヒアリキ。馬車ヲ傭ツテアレバ、八幡村へ移ルコトトナル。暫クシテ、馬車モ来ル。一同ハ之ニ乗ル。馬車ハ饒津ヲスギ、橋ヲ渡リ、白島ヨリ電車通ニ出ル。泉邸ノ路ヘ入ルアタリ、練兵ヨリニ何カヲ認ム。降リテカケツケルニ、文彦[*17]ノ死骸アリ。黄色ノパンツトバンドガ目ジルシ。胸ノアタリニ、桃位ノ塊リアリテ、ソコヨリ、水噴ク。指ハカタク握リシメ、顔ハ焦ゲ、総ジテ大キクフクレタ姿ナリ。ソノホトリニ修中生徒[*18]ト女ノ死骸。女ノ身悶エシママ固クナレル姿アハレニモ珍シ。爪ヲトリテ、ココヲスグ。福屋モ内部ハスベテ焼ケタリ。

❺

電車ノ焼ケタアト、マダ火ノ気ノ
強キトコロナド。国泰寺ノ楠モ
倒レタリ。墓石モ散ズ。市役所
辺ニハ人多シ。浅野図書館
モ死体収容所ト貼出サレ
テアリ。住吉橋ノアタリ、死
骸アリ。馬ノフクレテ死セル。
茂*19ノ姿アリ。馬車ニノル。
不思議ト橋ハ墜チテ居ナイ。
橋ノトコロニ、負傷者ヲ入レル
小屋モアリ。草津*20アタリマデ
来ルト、漸ク青田ノ目ニハ
入ル。トンボノ空ヲナガレル。
人家ハ破損スレド、既ニ惨
タルモノハ薄ラグ。宮島線ノ
電車ハスズナリ。海岸ニ厳島
モ見ユ。夕刻、八幡村ニ
馬車入ル。看護婦来リテ

タダチニ、火傷ノ手アテ。
九日、廿日市ニ行キ、台八ニ荷ヲ
ツミテ帰ル。
汽車ノ窓カラ、アノ朝、落下傘
ガ三ツ落チテヰタト云フ。又人ノ
話デハ、落下傘ヲ見テ間モナク
強烈ナ光線ガ見エ、次イテ
音響ガシタト云フ。誰モガ自分
ノ家ニダケ爆弾ガ落チタト思
ツタ。光線ニ皮膚ヲアテタモノ
ハコトゴトク火傷シタ。
ソノ火傷モダンダンヒドクナル
性質ノモノラシイ。紙屋町デ
ハ　バスノ行列ガ立ツタママ
死ンデ居リ、前ノ人ノ肩ニ死骸ハ
手ヲカラメテヰル。西練兵デハ二
部隊ガ殆ドヤラレタ。川
ノ梯子ヲ昇リカケタママ、死ン
デヰル姿モアル。

❻

私ノ見タトコロデモ
死骸ハ大概同ジヤウナ
形ニナツテヰタ。頭ガヒドクフ
クレ、顔ハマル焦ゲ、胴体モ
腕モケイレン的ニフクレ上
ツテヰル。
火傷者ノ腕ニ蛆ガ湧イタリスル。
十三日後ニナツテモ広島市デハ
マダ整理ノツカヌ死骸ガ一
万モアルラシク、夜ハ人魂ガ
燃エテヰルト云フ。
学徒モ四名死亡。
浅水ノ婆サン*21モ、前田*22ノ
嫁達モ。
火傷者デナクトモ毛髪ガ
抜ケタリ、喀血シテ死ヌル
人ガソノ後増エテヰル。
広島ヘ埋メタ品ヲ掘リニ
出掛ケタ人モ、元気デ行クガ

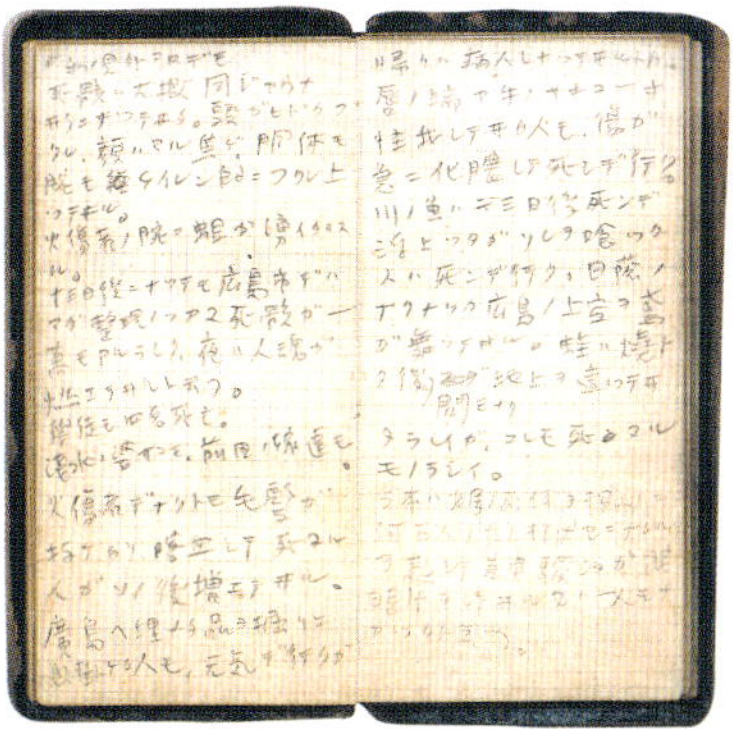

帰リハ病人トナツテヰルトカ。
唇ノ端ヤ手ノサキヲ一寸
怪我シテヰタ人モ、傷ガ
急ニ化膿シテ死ンデ行ク。
川ノ魚ハ二、三日後死ンデ
浮上ツタガソレヲ喰ツタ
人ハ死ンデ行ク。日蔭ノ
ナクナツタ広島ノ上空ヲ鳶
ガ舞ツテヰル。蛙ハ焼ケ
タ後間モナク地上ヲ這ツテヰ
タラシイガ、コレモ死ヌル
モノラシイ。
今本*23ハ女房ノ死体ヲ探スノニ
何百人ノ女ノ打伏セニナレル
ヲ起シテ首実検シタガ　腕
時計ヲシテヰル女ハ一人モナ
カツタト云フ。

□脚注□

＊1　恭子＝民喜の妹。
＊2　達野＝原商店の従業員（原家は陸海軍御用達で軍服などの縫製工場を営んでいた）。
＊3　江崎＝原商店の従業員。
＊4　泉邸＝せんてい。旧浅野藩の別邸で、現在の縮景園。
＊5　兄＝長兄・信嗣のこと。
＊6　柳町ノネエヤ＝原家のお手伝いさん。後出の原田好子と同一人物。
＊7　桜＝桜子。民喜の姪。
＊8　華＝華子。民喜の姪。
＊9　饒津＝饒津（にぎつ）神社。広島駅北側の二葉の里にある。藩祖・浅野長政をまつる。
＊10　東照宮＝広島駅北側の二葉の里にある。民喜らはここで7日野宿した。
＊11　オラブ＝広島弁で「叫ぶ」の意。
＊12　パンズ＝「パンツ」のこと。昔はパンズとも言っていた。
＊13　安藤＝原商店の従業員。
＊14　三四郎＝民喜の甥。
＊15　女子商業＝旧制私立広島女子商業高校の別称。被爆当日は鶴見橋付近の建物疎開作業に動員された1、2年生68人はじめ400人余が犠牲になった。
＊16　兄＝長兄・信嗣のこと。
＊17　文彦＝民喜の甥。陸軍偕行社付属済美小学校1年生。同校内には児童150人、教職員6人がいたが全滅した。文彦もその一人で、大家族の原家にあって唯一の直接の被爆死者。
＊18　修中生徒＝旧制私立修道学園中学校。1年生32人、2年生136人が、10人の教職員に引率されて雑魚場町に動員されていて、ほぼ全滅した。
＊19　茂＝民喜の甥。
＊20　草津＝初めは「甲斐」と書き、次に「己斐」と訂正し、さらに「草津」と書き直している。
＊21　浅水ノ婆サン＝原家の向い側の家。
＊22　前田＝長兄信嗣の妻の実家。
＊23　今本＝原商店の従業員。
※本文の仮名づかいは原文のまま、漢字は新漢字を採用した。また、脚注の個人名は、プライバシー保護の観点から民喜との関係など最小限の表記にとどめた。

■原民喜の「手帳」（「原爆被災時のノート」解題）■

原民喜（1905～51年）は昭和20年8月6日、広島市幟町の長兄・信嗣宅で原爆に遭遇、幸いにも「厠《かわや》にいて」無事だった。避難の折に、携帯していた手帳に目撃した惨状を鉛筆で書き綴った。

いわゆる「原爆被災時のノート」といわれる手帳は、原爆投下直後の様子がリアルタイムで言葉として記録された数少ない貴重な被爆資料である。6日は京橋川の岸辺で、7日の夜は広島駅北側の東照宮に野宿して2ページあまりが書かれ、8日以降は長兄が確保していた避難先の八幡村（現・広島市佐伯区八幡）で書き継がれた。この記録が基になって「夏の花」「廃墟から」などの小説や構成詩「原爆小景」に結実したわけで、いわば原爆文学・戦後文学の原点にも位置する資料である。

冒頭、原爆被災前にペンで書かれたと思われる「店ノ金庫ノ中／タバコ／遺言状」とあるが、「遺言状」の存在は確認されていない。

民喜の手帳は3冊残されているが、「原爆被災時のノート」は昭和19年発行のもので、縦13cm、幅7cmのごくありふれた手帳である。最初の2ページに自分の体重や身長、視力などと英語の記述があり、次のページから「一日一語」といった感じで日記ふうの記録がある。昭和20年1月31日、亡き妻貞恵の骨壺を抱いて午後9時発の列車で東京を離れて傷心の帰郷を果たす日も含めて、連日連夜に及ぶ空襲なども時刻を記すのみで済ませている。他の2冊にも同様の“備忘録”が記されている。

昭和20年5月1日には「ムッソリーニ殺される」「ヒットラーが死んだ、万才」とあり、被爆後、八幡村に疎開し、暮らしの困窮が始まった終戦直前（8月13日）には「この頃の食糧、おかゆが一日二、三杯、あとはいも」といった走り書きもある。そして、30枚目から詳細な被爆の記録がつづられている。

疎開先に持っていく荷物を書き留めたり、戦後作品の基調をなすような独白めいた記述もある。文学史的興味だけでなく、戦中・戦後史の一断面をもうかがうことのできる資料である。なお、いわゆる「被災時のノート」の解読にあたっては最小限の脚注を加えた。特に人名については現存する方もおり、民喜との関係を記すにとどめた。

なお、ホームページ「広島文学館」http://home.hiroshima-u.ac.jp/bngkkn/の文学資料データベースに「手帳」全ページが写真で、「被災時のノート」部分は解読付きで公開されている。

（広島花幻忌の会事務局長・海老根勲）

新・日本現代詩文庫　64　新編原民喜詩集　目次

原爆手帳

夏の花

原爆小景

鎮魂歌　心願の国

魔のひととき

解説

年譜

夏の花

わが愛する者よ請ふ急ぎはしれ
香はしき山々の上にありて獐の
ごとく小鹿のごとくあれ

夏の花

私は街に出て花を買ふと、妻の墓を訪れようと思つた。ポケットには仏壇からとり出した線香が一束あつた。八月十五日は妻にとつて初盆にあたるのだが、それまでこのふるさとの街が無事かどうかは疑はしかつた。恰度、休電日ではあつたが、朝から花をもつて街を歩いてゐる男は、私のほかに見あたらなかつた。その花は何といふ名称なのか知らないが、黄色の小瓣の可憐な野趣を帯び、いかにも夏の花らしかつた。

炎天に曝されてゐる墓石に水を打ち、その花を二つに分けて左右の花たてに差すと、墓のおもてが何となく清々しくなつたやうで、私はしばらく花と石に視入つた。この墓の下には妻ばかりか、父母の骨も納まつてゐるのだつた。持つて来た線香にマッチをつけ、黙礼を済ますと私はかたはらの井戸で水を呑んだ。それから、饒津公園の方を廻つて家に戻つたのであるが、その日も、その翌日も、私のポケットは線香の匂がしみこんでゐた。原子爆弾に襲はれたのは、その翌々日のことであつた。

私は厠にゐたため一命を拾つた。八月六日の朝、私は八時頃床を離れた。前の晩二回も空襲警報が出、何事もなかつたので、夜明前には服を全部脱いで、久振りに寝巻に着替へて睡つた。それで、起き出した時もパンツ一つであつた。妹はこの姿をみると、朝寝したことをぷつぷつ難じてゐたが、私は黙つて便所へ這入つた。

それから何秒後のことかはつきりしないが、突然、私の頭上に一撃が加へられ、眼の前に暗闇がすべり墜ちた。私は思はずうわあと喚き、頭に手をやつて立上つた。嵐のやうなものの墜落する音のほかは真暗でなにもわからない。手探りで扉を開けると、縁側があつた。その時まで、私はうわあといふ自分の声を、ざあーといふもの音の中にはつきり耳にきき、眼が見えないので悶えてゐた。しかし、縁側に出ると、間もなく薄らあかりの中に破壊された家屋が浮び出し、気持もはつきりして来た。

　それはひどく厭な夢のなかの出来事に似てゐた。最初、私の頭に一撃が加へられ眼が見えなくなつた時、私は自分が斃れてはゐないことを知つた。それから、ひどく面倒なことになつたと思ひ腹立たしかつた。そして、うわあと叫んでゐる自分の声が何だか別人の声のやうに耳にきこえた。しかし、あたりの様子が朧ながら目に見えだして来ると、今度は惨劇の舞台の中に立つてゐるやうな気持であつた。たしか、かういふ光景は映画などで見たことがある。濛々と煙る砂塵のむかふに青い空間が見え、つづいてその空間の数が増えた。壁の脱落した処や、思ひがけない方向から明りが射して来る、畳の飛散つた坐板の上をそろそろ歩いて行くと、向から凄さまじい勢で妹が駈けつけて来た。

「やられなかつた、やられなかつたの、大丈夫」と妹は叫び、「眼から血が出てゐる、早く洗ひなさい」と台所の流しに水道が出てゐることを教へてくれた。

　私は自分が全裸体でゐることを気付いたので、「とにかく着るものはないか」と妹を顧ると、妹は壊れ残つた押入からうまくパンツを取出してくれた。そこへ誰か奇妙な身振りで闖入して来たものがあつた。顔を血だらけにし、シヤツ一枚の男は工場の人であつたが、私の姿を見ると、「あなたは無事でよかつたですな」と云ひ捨て、「電話、電話、電話をかけなきや」と呟きながら忙しさうに何処かへ立去つた。

　到るところに隙間が出来、建具も畳も散乱した家は、柱と閾ばかりがはつきりと現れ、しばし奇異な沈黙をつづけてゐた。これがこの家の最後の姿らしかつた。後で知つたところに依ると、この地域では大概の家がぺしやんこに倒壊したらしいのに、この家は二階も墜ちず床もしつかりしてゐた。余程しつかりした普請だつたのだらう、四十年前、神経質な父が建てさせたものであつた。

私は錯乱した畳や襖の上を踏越えて、身につけるものを探した。上着はすぐに見附かつたがずぼんを求めてあちこちしてゐると、滅茶苦茶に散らかつた品物の位置と姿が、ふと忙しい眼に留まるのであつた。昨夜まで読みかかりの本が頁をまくれて落ちてゐる。長押から墜落した額が殺気を帯びて小床を塞いでゐる。ふと、何処からともなく、水筒が見つかり、つづいて帽子が出て来た。ずぼんは見あたらないので、今度は足に穿くものを探してゐた。

その時、座敷の縁側に事務室のKが現れた。Kは私の姿を認めると、

「ああ、やられた、助けてえ」と悲痛な声で呼びかけ、そこへ、ぺつたり坐り込んでしまつた。額に少し血が噴出てをり、眼は涙ぐんでゐた。

「何処をやられたのです」と訊ねると、「膝ぢや」とそこを押へながら皺の多い蒼顔を歪める。

私は側にあつた布切れを彼に与へておき、靴下を二枚重ねて足に穿いた。

「あ、煙が出だした、逃げよう、連れて逃げてくれ」とKは頻りに私を急かし出す。この私よりかなり年上の、しかし平素ははるかに元気なKも、どういふものか少し顚動気味であつた。

縁側から見渡せば、一めんに崩れ落ちた家屋の塊りがあり、やや彼方の鉄筋コンクリートの建物が残つてゐるほか、目標になるものも無い。庭の土塀のくつがへつた脇に、大きな楓の幹が中途からポックリ折られて、梢を手洗鉢の上に投出してゐる。ふと、Kは防空壕のところへ屈み、

「ここで、頑張らうか、水槽もあるし」と変なことを云ふ。

「いや、川へ行きませう」と私が云ふと、Kは不審さうに、

「川？　川はどちらへ行つたら出られるのだつたかしら」と嘯く。

とにかく、逃げるにしてもまだ準備が整はなかつた。私は押入から寝巻をとり出し彼に手渡し、更に縁側の暗幕を引裂いた。座蒲団も拾つた。縁側の畳をはねくり返してみると、持逃げ用の雑嚢が出て来た。私は吻としてそのカバンを肩にかけた。隣の製薬会社の倉庫から赤い小さな焰の姿が見えだした。いよいよ逃げだす時機であつた。私は最後に、ポツクリ折れ曲つた楓の側を踏越えて出て行つた。

その大きな楓は昔から庭の隅にあつて、私の少年時代、夢想の対象となつてゐた樹木である。それが、この春久振りに郷里の家に帰つて暮すやうになつてからは、どうも、もう昔のやうな潤ひのある姿が、この樹木からさへ汲みとれないのを、つくづく私は奇異に思つてゐた。不思議なのは、この郷里全体が、やはらかい自然の調子を喪つて、何か残酷な無機物の集合のやうに感じられることであつた。私は庭に面した座敷に這入つて行くたびに、「アッシャ家の崩壊」といふ言葉がひとりでに浮んでゐた。

Kと私とは崩壊した家屋の上を乗越え、障害物を除けながら、はじめはそろそろと進んで行く。そのうちに、足許が平坦な地面に達し、道路に出てゐることがわかる。すると今度は急ぎ足でとつとと道の中ほどを歩く。ぺしやんこになつた建物の蔭からふと、「をぢさん」と喚く声がする。振返ると、顔を血だらけにした女が泣きながらこちらへ歩いて来る。「助けてえ」と彼女は脅えきつた相で一生懸命ついて来る。暫く行くと、路上に

立はだかつて、「家が焼ける、家が焼ける」と子供のやうに泣喚いてゐる老女と出逢つた。煙は崩れた家屋のあちこちから立昇つてゐたが、急に焔の息が烈しく吹きまくつてゐるところへ来る。走つて、そこを過ぎると、道はまた平坦となり、そして栄橋の袂に私達は来てゐた。ここには避難者がぞくぞく蝟集してゐた。「元気な人はバケツで火を消せ」と誰かが橋の上に頑張つてゐる。私は泉邸の藪の方へ道をとり、そして、ここでKとははぐれてしまつた。

その竹藪は薙ぎ倒され、逃げて行く人の勢で、径が自然と拓かれてゐた。見上げる樹木もおほかた中空で削ぎとられてをり、川に添つた、この由緒ある名園も、今は傷だらけの姿であつた。ふと、灌木の側にだらりと豊かな股体を投出して蹲つてゐる中年の婦人の顔があつた。魂の抜けはてたその顔は、見てゐるうちに何か感染しさうになるのであつた。こんな顔に出喰はしたのは、これがはじめてであつた。が、それよりもつと奇怪な顔に、その後私はかぎりなく出喰はさねばならなかつた。

川岸に出る藪のところで、私は学徒の一塊りと出逢つた。工場から逃げ出した彼女達は一やうに軽い負傷をしてゐたが、いま眼の前に出現した出来事の新鮮さに戦きながら、却つて元気さうに喋り合つてゐた。そこへ長兄の姿が現れた。シヤツ一枚で、片手にビール瓶を持ち、まづ異状なさそうであつた。向岸も見渡すかぎり建物は崩れ、電柱の残つてゐるほか、もう火の手が廻つてゐた。私は狭い川岸の径へ腰を下ろすと、しかし、もう大丈夫だといふ気持がした。長い間脅かされてゐたものが、遂に来たるべきものが、来たのだつた。さばさばした気持で、私は自分が生きながらへてゐることを顧みた。かねて、二つに一つは助からないかもしれないと思つてゐたのだが、今、ふと己れが生きてゐることと、その意味が、はつと私を弾いた。

このことを書きのこさねばならない、と、私は心に呟いた。けれども、その時はまだ、私はこの空襲の真相を殆ど知つてはゐなかつたのである。

対岸の火事が勢を増して来た。こちら側まで火照りが反射して来るので、満潮の川水に座蒲団を浸しては頭にかむる。そのうち、誰かが「空襲」と叫ぶ。「白いものを着たものは木蔭へ隠れよ」といふ声に、皆はぞろぞろ藪の奥へ匐つて行く。陽は燦々と降り灑ぎ藪の向も、どうやら火が燃えてゐる様子だ。暫く息を殺してゐたが、何事もなささうなので、また川の方へ出て来ると、向岸の火事は更に衰へてゐない。熱風が頭上を走り、黒煙が川の中ほどまで煽られて来る。その時、急に頭上の空が暗黒と化したかと思ふと、沛然として大粒の雨が落ちて来た。雨はあたりの火照りを稍々鎮めてくれたが、暫くすると、またからりと晴れた天気にもどつた。対岸の火事はまだつづいてゐた。今、こちらの岸には長兄と妹とそれから近所の見知つた顔が二つ三つ見受けられたが、みんなは寄り集つて、てんでに今朝の出来事を語り合ふのであつた。

あの時、兄は事務室のテーブルにゐたが、庭さきに閃光が走ると間もなく、一間あまり跳ね飛ばされ、家屋の下敷になつて暫く藻掻いた。やがて隙間があるのに気づき、そこから這ひ出すと、工場の方では、学徒が救ひを求めて喚叫してゐる――兄はそれを救ひ出すのに大奮闘した。妹は玄関のところで光線を見、大急ぎで階段の下に身を潜めたため、あまり負傷を受けなかつた。みんな、はじめ自分の家だけ爆撃されたものと思ひ込んで、外に出てみると、何処も一様にやられてゐるのに唖然とした。それに、地上の家屋は崩壊してゐながら、爆弾らしい穴があいてゐないのも不思議であつた。あれは、警戒警報が解除になつて間もなくのことであつた。ピカッと光つたものがあり、マグネシユームを燃すやうなシユーッといふ軽い音とともに一瞬さつと足もとが回転し、……それはまるで魔術のやうであつた、と妹は戦きながら語るのであつた。

向岸の火が鎮まりかけると、こちらの庭園の木立が燃えだしたといふ声がする。かすかな煙が後の藪の高い空に見えそめてゐた。川の水は満潮の儘まだ退かうとしない。私は石崖を伝つて、水際のところへ降りて行つてみた。すると、すぐ足許のところを、白木の大きな函が流れてをり、函から喰み出た玉葱があたりに漾つてゐた。私は函を引寄せ、中から玉葱を摑み出しては、岸の方へ手渡した。これは上流の鉄橋で貨車が顚覆し、そこからこの函は放り出されて漾つて来たものであつた。私が玉葱を拾つてゐると、「助けてえ」といふ声がきこえた。木片に取縋りながら少女が一人、川の中ほどを浮き沈みして流されて来る。私は大きな材木を選ぶとそれを押すやうにして泳いで行つた。久しく泳いだこともない私ではあつたが、思つたより簡単に相手を救ひ出すことが出来た。

暫く鎮まつてゐた向岸の火が、何時の間にかまた狂ひ出した。今度は赤い火の中にどす黒い煙が見え、その黒い塊りが猛然と拡がつて行き、見る見るうちに焰の熱度が増すやうであつた。が、その無気味な火もやがて燃え尽すだけ燃えると、空虚な残骸の姿となつてゐた。その時である、私は川下の方の空に、恰度川の中ほどにあたつて、物凄い透明な空気の層が揺れながら移動して来るのに気づいた。竜巻だ、と思ふうちにも、烈しい風は既に頭上をよぎらうとしてゐた。まはりの草木がことごとく慄へ、と見ると、その儘引抜かれて空に攫はれて行く数多の樹木があつた。空を舞ひ狂ふ樹木は矢のやうな勢で、混濁の中に墜ちて行く。私はこの時、あたりの空気がどんな色彩であつたか、はつきり覚えてはゐない。が、恐らく、ひどく陰惨な、地獄絵巻の緑の微光につつまれてゐたのではないかとおもへるのである。

この竜巻が過ぎると、もう夕方に近い空の気配が感じられてゐたが、今迄姿を見せなかつた二番目の兄が、ふとこちらにやつて来たのであつた。顔にさつと薄墨色の跡があり、背のシヤツも引裂かれてゐる。その海水浴で日焦した位の皮膚の跡が、後には化膿を伴ふ火傷となり、数ケ月も治療を要したのだが、この時はまだこの兄もなかなか元気であつた。彼は自宅へ用事で帰つたとたん、上空に小さな飛行機を認め、つづいて三つの妖しい光を見た。それから地上に一間あまり跳ね飛ばされた彼は、家の下敷になつて藻掻いてゐる家内と女中を救ひ出し、子供二人は女中に托して先に逃げのびさせ、隣家の老人を助けるのに手間どつてゐたといふ。

嫂がしきりに別れた子供のことを案じてゐると、向岸の河原から女中の呼ぶ声がした。手が痛くて、もう子供を抱へきれないから早く来てくれといふのであつた。

泉邸の杜も少しづつ燃えてゐた。夜になつてこの辺まで燃え移つて来るといけないし、明るいうちに向岸の方へ渡りたかつた。が、そこいらには渡舟も見あたらなかつた。長兄たちは橋を廻つて向岸へ行くことにし、私と二番目の兄とはまだ渡舟を求めて上流の方へ溯つて行つた。水に添ふ狭い石の通路を進んで行くに随つて、私はここではじめて、言語に絶する人々の群を見たのである。既に傾いた陽ざしは、あたりの光景を青ざめさせてゐたが、岸の上にも岸の下にも、そのやうな人々がゐて、水に影を落してゐた。どのやうな人々であるか……。男であるのか、女であるのか、殆ど区別もつかない程、顔がくちやくちやに腫れ上つて、随つて眼は糸のやうに細まり、唇は思ひきり爛れ、それに、痛々しい肢体を露出させ、虫の息で彼等は横はつてゐるのであつた。私達がその前を通つて行くに随つてその奇怪な人々は細い優しい声で呼びかけた。「水を少し飲ませて下さい」とか、「助けて下さい」とか、殆どみんながみんな訴へごとを持つてゐるのだつた。

「をじさん」と鋭い哀切な声で私は呼びとめられてゐた。見ればすぐそこの川の中には、裸体の少年がすつぽり頭まで水に漬つて死んでゐたが、その屍体と半間も隔たらない石段のところに、二人の女が蹲つてゐた。その顔は約一倍半も膨脹し、醜く歪み、焦げた乱髪が女であるしるしを残してゐる。これは一目見て、憐愍よりもまづ、身の毛のよだつ姿であつた。が、その女達は、私の立留まつたのを見ると、

「あの樹のところにある蒲団は私のですからここへ持つて来て下さいませんか」と哀願するのであつた。

見ると、樹のところには、なるほど蒲団らしいものはあつた。だが、その上にはやはり瀕死の重傷者が臥してゐて、既にどうにもならないのであつた。

私達は小さな筏を見つけたので、綱を解いて、向岸の方へ漕いで行つた。筏が向の砂原に着いた時、あたりはもう薄暗かつたが、ここにも沢山の負傷者が控へてゐるらしかつた。水際に蹲つてゐた一人の兵士が、「お湯をのましてくれ」と頼むので、私は彼を自分の肩に依り掛からしてやりながら、歩いて行つた。苦しげに、彼はよろよろと砂の上を進んでゐたが、ふと、「死んだ方がましさ」と吐き棄てるやうに呟いた。私も暗然として肯き、言葉は出なかつた。愚劣なものに対する、やりきれない憤りが、この時我々を無言で結びつけてゐるやうであつた。私は彼を中途に待たしておき、土手の上にある給湯所を石崖の下から見上げた。すると、今湯気の立昇つてゐる台の処で、茶碗を抱へて、黒焦の大頭がゆつくりと、お湯を呑んでゐるのであつた。その尨大な、奇妙な顔は全体が黒豆の粒々で出来上つてゐるやうであつた。

それに頭髪は耳のあたりで一直線に刈上げられてゐた。（その後、一直線に頭髪の刈上げられてゐる火傷者を見るにつけ、これは帽子を境に髪が焼きとられてゐるのだといふことを気付くやうになつた。）暫くして、茶碗を貰ふと、私はさつきの兵隊のところへ持運んで行つた。ふと見ると、川の中に、これは一人の重傷兵が膝を屈めて、そこで思ひきり川の水を呑み耽つてゐるのであつた。

夕闇の中に泉邸の空やすぐ近くの焔があざやかに浮出て来ると、砂原では木片を燃やして夕餉の焚き出しをするものもあつた。さつきから私のすぐ側に顔をふわふわに膨らした女が横はつてゐたが、水をくれといふ声で、私ははじめて、それが次兄の家の女中であることに気づいた。彼女は赤ん坊を抱へて台所から出かかつた時、光線に遭ひ、顔と胸と手を焼かれた。それから、赤ん坊と長女を連れて兄達より一足さきに逃げたが、橋のところで長女とはぐれ、赤ん坊だけを抱へてこの河原に来てゐたのである。最初顔に受けた光線を遮らうとして覆うた手が、その手が、今も捩ぎとられるほど痛いと訴へてゐる。

潮が満ちて来だしたので、私達はこの河原を立退いて、土手の方へ移つて行つた。日はとつぷり暮れたが、「水をくれ、水をくれ」と狂ひまはる声があちこちできこえ、河原にとり残されてゐる人々の騒ぎはだんだん烈しくなつて来るやうであつた。この土手の上は風があつて、睡るには少し冷え冷えしてゐた。すぐ向は饒津公園であるが、そこも今は闇に鎖され、樹の折れた姿がかすかに見えるだけであつた。兄達は土の窪みに横はり、私も別に窪地をみつけて、そこへ這入つて行つた。すぐ側には傷ついた女学生が三四人横臥してゐた。「向の木立が燃えだしたが逃げた方がいいのではないかしら」と誰かが心配する。窪地を出て向を見ると、二三丁さきの樹に焔がキラキラしてゐたが、こちらへ燃え移つて来さうな気配もなかつた。

「火は燃えて来さうですか」と傷ついた少女は脅えながら私に訊く。

「大丈夫だ」と教へてやると、「今、何時頃でせう、まだ十二時にはなりませんか」とまた訊く。

その時、警戒警報が出た。どこかにまだ壊れなかつたサイレンがあるとみえて、かすかにその響がする。街の方はまだ熾んに燃えてゐるらしく、茫とした明りが川下の方に見える。

「ああ、早く朝にならないのかなあ」と女学生は嘆く。

「お母さん、お父さん」とかすかに静かな声で合掌してゐる。

「火はこちらへ燃えて来さうですか」と傷ついた少女がまた私に訊ねる。

河原の方では、誰か余程元気な若者らしいものの、断末魔のうめき声がする。その声は八方に木霊し、走り廻つてゐる。「水を、水を、水を下さい、……ああ、……お母さん、……姉さん、……光ちゃん」と声は全身全霊を引裂くやうに迸り、「ウウ、ウウ」と苦痛に追ひまくられる喘ぎが弱々しくそれに絡んでゐる。――幼い日、私はこの堤を通つて、その河原に魚を獲りに来たことがある。その暑い日の一日の記憶は不思議にはつきりと残つてゐる。砂原にはライオン歯磨の大きな立看板があり、鉄橋の方を時々、汽車が轟と通つて行つた。夢のやうに平和な景色があつたものだ。


夜が明けると昨夜の声は熄んでゐた。あの腸を絞る断末魔の声はまだ耳底に残つてゐるやうでもあつたが、あたりは白々と朝の風が流れてゐた。長兄と妹とは家の焼跡の方へ廻り、東練兵場に施療所があるといふので、次兄達はそちらへ出掛けた。私もそろそろ東練兵場の方へ行かうとすると、側にゐた兵隊が同行を頼んだ。その大きな兵隊は、余程ひどく傷ついてゐるのだらう、私の肩に依掛りながら、まるで壊れものを運んでゐるやうに、おづおづと自分の足を進めて行く。それに足許は、破片といはず、屍といはず、まだ余熱を燻らしてゐて、恐ろしく嶮悪であつた。常盤橋まで来ると、兵隊は疲れはて、もう一歩も歩けないから置去りにしてくれといふ。そこで私は彼と別れ、一人で饒津公園の方へ進んだ。ところどころ崩れたままで焼け残つてゐる家屋もあつたが、到る処、光の爪跡が印されてゐるやうであつた。とある空地に人が集まつてゐた。水道がちよろちよろ出てゐるのであつた。ふとその時、姪が東照宮の避難所で保護されてゐるといふことを、私は小耳に挿んだ。

急いで、東照宮の境内へ行つてみた。すると、いま、小さな姪は母親と対面してゐるところであつた。昨日、橋のところで女中とはぐれ、それから後は他所の人に従いて逃げて行つたのであるが、彼女は母親の姿を見ると、急に堪へられなくなつたやうに泣きだした。その首が火傷で黒く痛さうであつた。

施療所は東照宮の鳥居の下の方に設けられてゐた。はじめ巡査が一通り原籍年齢などを取調べ、それを記入した紙片を貰ふてからも、負傷者達は長い行列を組んだまま炎天の下にまだ一時間位は待たされてゐるのであつた。だが、この行列に加はれる負傷者ならまだ結構な方かもしれないのだつた。今も、「兵隊さん、兵隊さん、助けてよう、兵隊さん」と火のついたやうに泣喚く声がする。路傍に斃れて反転する火傷の娘であつた。かと思ふと、警防団の服装をした男が、火傷で膨脹した頭を石の上に横たへたまま、まつ黒の口をあけて、「誰か私を助けて下さい、ああ、看護婦さん、先生」と弱い声できれぎれに訴へてゐるのである。が、誰も顧みてはくれないのであつた。巡査も医者も看護婦も、みな他の都市から応援に来たものばかりで、その数も限られてゐた。

私は次兄の家の女中に附添つて行列に加はつてゐたが、この女中も、今はだんだんひどく膨れ上つて、どうかすると地面に蹲りたがつた。漸く順番が来て加療が済むと、私達はこれから憩ふ場所を作らねばならなかつた。境内到る処に重傷者はごろごろしてゐるが、テントも木蔭も見あたらない。そこで、石崖に薄い材木を並べ、それで屋根のかはりとし、その下へ私達は這入り込んだ。この狭苦しい場所で、二十四時間あまり、私達六名は暮したのであつた。

すぐ隣にも同じやうな恰好の場所が設けてあつたが、その莚の上にひよこひよこ動いてゐる男が、私の方へ声をかけた。シヤツも上衣もなかつたし、長ずぼんが片脚分だけ腰のあたりに残されてゐて、両手、両足、顔をやられてゐた。この男は、中国ビルの七階で爆弾に遇つたのださうだが、そんな姿になりはてても、頗る気丈夫なのだらう、口で人に頼み、口で人を使ひ到頭ここまで落ちのびて来たのである。そこへ今、満身血まみれの、幹部候補生のバンドをした青年が迷ひ込んで来た。すると、隣の男は屹となつて、

「おい、おい、どいてくれ、俺の体はめちやくちやになつてゐるのだから、触りでもしたら承知しないぞ、いくらでも場所はあるのに、わざわざこんな狭いところへやつて来なくてもいいぢやないか、え、とつとと去つてくれ」と唸るやうに押つかぶせて云つた。血まみれの青年はきよとんとして腰をあげた。

私達の寝転んでゐる場所から二米あまりの地点に、葉のあまりない桜の木があつたが、その下に女学生が二人ごろりと横はつてゐた。どちらも、顔を黒焦げにしてゐて、痩せた背を炎天に晒し、水を求めては呻いてゐる。この近辺へ芋掘作業に来て遭難した女子商業の学徒であつた。そこへまた、燻製の顔をした、モンペ姿の婦人がやつて来ると、ハンドバックを下に置きぐつたりと膝を伸した。……日は既に暮れかかつてゐた。ここでまた夜を迎へるのかと思ふと私は妙に侘しかつた。

夜明前から念仏の声がしきりにしてゐた。ここでは誰かが、絶えず死んで行くらしかつた。朝の日が高くなつた頃、女子商業の生徒も、二人とも息をひきとつた。溝にうつ伏せになつてゐる死骸を調べ了へた巡査が、モンペ姿の婦人の方へ近づいて来た。これも姿勢を崩して今はこときれてゐるらしかつた。巡査がハンドバックを披いてみると、通帳や公債が出て来た。旅装のまま、遭難した婦人であることが判つた。

昼頃になると、空襲警報が出て、爆音もきこえる。あたりの悲惨醜怪さにも大分馴らされてゐるものの、疲労と空腹はだんだん激しくなつて行つた。次兄の家の長男と末の息子は、二人とも市内の学校へ行つてゐたので、まだ、どうなつてゐるかわからないのであつた。人はつぎつぎに死んで行き、死骸はそのまま放つてある。救ひのない気持で、人はそわそわ歩いてゐる。それなのに、練兵場の方では、いま自棄に嚠喨として喇叭が吹奏されてゐた。

火傷した姪たちはひどく泣喚くし、女中は頻りに水をくれと訴へる。いい加減、みんなほとほと弱つてゐるところへ、長兄が戻つて来た。彼は昨日は嫂の疎開先である廿日市町の方へ寄り、今日は八幡村の方へ交渉して荷馬車を傭つて来たのである。そこでその馬車に乗つて私達はここを引上げることになつた。

馬車は次兄の一家族と私と妹を乗せて、東照宮下から饒津へ出た。馬車が白島から泉邸入口の方へ来掛かつた時のことである。西練兵場寄りの空地に、見憶えのある、黄色の、半ずぼんの死体を、次兄はちらりと見つけた。そして彼は馬車を降りて行つた。嫂も私もつづいて馬車を離れ、そこへ集つた。見憶えのあるずぼんに、まぎれもないバンドを締めてゐる。死体は甥の文彦であつた。上着は無く、胸のあたりに拳大の腫れものがあり、そこから液体が流れてゐる。真黒くなつた顔に、白い歯が微かに見え、投出した両手の指は固く、内側に握り締め、爪が喰込んでゐた。その側に中学生の屍体が一つ、それから又離れたところに、若い女の死体が一つ、いづれも、ある姿勢のまま硬直してゐた。次兄は文彦の爪を剝ぎ、バンドを形見にとり、名札をつけて、そこを立去つた。涙も乾きはてた遭遇であつた。

馬車はそれから国泰寺の方へ出、住吉橋を越して己斐の方へ出たので、私は殆ど目抜の焼跡を一覧することが出来た。ギラギラと炎天の下に横はつてゐる銀色の虚無のひろがりの中に、路があり、川があり、橋があつた。そして、赤むけの膨れ上つた屍体がところどころに配置されてゐた。これは精密巧緻な方法で実現された新地獄に違ひなく、ここではすべて人間的なものは抹殺され、たとへば屍体の表情にしたところで、何か模型的な機械的なものに置換へられてゐるのであつた。苦悶の一瞬足掻いて硬直したらしい肢体は一種の妖しいリズムを含んでゐる。電線の乱れ落ちた線や、おびただしい破片で、虚無の中に痙攣的の図案が感じられる。だが、さつと転覆して焼けてしまつたらしい電車や、巨大な胴を投出して転倒してゐる馬を見ると、どうも、超現実派の画の世界ではないかと思へるのである。国泰寺の大きな楠も根こそぎ転覆してゐたし、墓石も散つてゐた。外廓だけ残つてゐる浅野図書館は屍体収容所となつてゐた。路はまだ処々で煙り、死臭に満ちてゐる。川を越すたびに、橋が墜ちてゐないのを意外に思つた。この辺の印象は、どうも片仮名で描きなぐる方が応はしいやうだ。それで次に、そんな一節を挿入しておく。

ギラギラノ破片ヤ

灰白色ノ燃エガラガ
ヒロビロトシタ　パノラマノヤウニ
アカクヤケタダレタ　ニンゲンノ死体ノキメ
　ウナリズム
スベテアツタコトカ　アリエタコトナノカ
パツト剝ギトツテシマツタ　アトノセカイ
テンプクシタ電車ノワキノ
馬ノ胴ナンカノ　フクラミカタハ
ブスブストケムル電線ノニホヒ

倒壊の跡のはてしなくつづく路を馬車は進んで行つた。郊外に出ても崩れてゐる家屋が並んでゐたが、草津をすぎると漸くあたりも青々として災禍の色から解放されてゐた。そして青田の上をすいすいと蜻蛉の群が飛んでゆくのが目に沁みた。それから八幡村までの長い単調な道があつた。八幡村へ着いたのは、日もとつぷり暮れた頃であつた。そして翌日から、その土地での、悲惨な生活が始まつた。負傷者の恢復もはかどらなかつたが、元気だつたものも、食糧不足からだんだん衰弱して行つた。火傷した女中の腕はひどく化膿し、蠅が群れて、とうとう蛆が湧くやうになつた。蛆はいくら消毒しても、後から後から湧いた。そして、彼女は一ケ月あまりの後、死んで行つた。

この村へ移つて四五日目に、行衛不明であつた中学生の甥が帰つて来た。彼は、あの朝、建もの疎開のため学校へ行つたが恰度、教室にゐた時光を見た。瞬間、机の下に身を伏せ、次いで天井が墜ちて埋れたが、隙間を見つけて這ひ出した。這ひ出して逃げのびた生徒は四五名にすぎず、他は全部、最初の一撃で駄目になつてゐた。彼は四五名と一緒に比治山に逃げ、途中で白い液体を吐いた。それから一緒に逃げた友人の処へ汽車で行き、そこで世話になつてゐたのださうだ。しかし、この甥もこちらへ帰つて来て、一週間あまりすると、頭髪が抜け出し、二日位ですつかり禿になつてしまつた。今度の遭難者で、頭髪が抜け鼻血が出だすと大概助からない、といふ説がその頃大分ひろまつてゐた。頭髪が抜けてから十二三日目に、甥はとうとう鼻血を出しだした。医者はその夜が既にあぶなからうと宣告してゐた。しかし、彼は重態のままだんだん持ちこたへて行くのであつた。

Nは疎開工場の方へはじめて汽車で出掛けて行く途中、恰度汽車がトンネルに入つた時、あの衝撃を受けた。トンネルを出て、広島の方を見ると、落下傘が三つ、ゆるく流れてゆくのであつた。それから次の駅に汽車が着くと、駅のガラス窓がひどく壊れてゐるのに驚いた。やがて、目的地まで達した時には、既に詳しい情報が伝はつてゐた。彼はその足ですぐ引返すやうにして汽車に乗つた。擦れ違ふ列車はみな奇怪な重傷者を満載してゐた。彼は街の火災が鎮まるのを待ちかねて、まだ熱いアスファルトの上をずんずん進んで行つた。そして一番に妻の勤めてゐる女学校へ行つた。教室の焼跡には、生徒の骨があり、校長室の跡には校長らしい白骨があつた。が、Nの妻らしいものは遂に見出せなかつた。彼は大急ぎで自宅の方へ引返してみた。そこは宇品の近くで家が崩れただけで火災は免がれてゐた。が、そこにも妻の姿は見つからなかつた。それから今度は自宅から女学校へ通じる道に斃れてゐる死体を一つ一つ調べてみた。大概の死体が打伏せになつてゐるので、それを抱き起しては首実検するのであつたが、どの女もどの女も変りはてた相をしてゐたが、しかし彼の妻ではなかつた。しまひには方角違ひの処まで、ふらふらと見て廻つた。水槽の中に折重なつて漬つてゐる十あまりの死体もあつた。河岸に懸つてゐる梯子に手をかけながら、その儘硬直してゐる三つの死骸があつた。バスを待つ行列の死骸は立つたまま、前の人の肩に爪を立てて死んでゐた。郡部から家屋疎開の勤労奉仕に動員されて、全滅してゐる群も見た。西練兵場の物凄さといつたらなかつた。そこは兵隊の死の山であつた。しかし、どこにも妻の死骸はなかつた。

　Nはいたるところの収容所を訪ね廻つて、重傷者の顔を覗き込んだ。どの顔も悲惨のきはみではあつたが、彼の妻の顔ではなかつた。さうして、三日三晩、死体と火傷患者をうんざりするほど見てすごした挙句、Nは最後にまた妻の勤め先である女学校の焼跡を訪れた。

廃墟から

　八幡村へ移つた当初、私はまだ元気で、負傷者を車に乗せて病院へ連れて行つたり、配給ものを受取りに出歩いたり、廿日市町の長兄と連絡をとつたりしてゐた。そこは農家の離れを次兄が借りたのだつたが、私と妹とは避難先からつい皆と一緒に転がり込んだ形であつた。牛小屋の蠅は遠慮なく部屋中に群れて来た。小さな姪の首の火傷に蠅は吸着いたまま動かない。姪は箸を投出して火のついたやうに泣喚く。蠅を防ぐために昼間でも蚊帳が吊られた。顔と背を火傷してゐる次兄は陰鬱な顔をして蚊帳の中に寝転んでゐた。庭を隔てて母屋の方の縁側に、ひどく顔の腫れ上つた男の姿——そんな風な顔はもう見倦る程見せられた——が伺はれたし、奥の方にはもつと重傷者がゐるらしく、床がのべてあつた。夕方、その辺から妙な譫言をいふ声が聞えて来た。あれはもう死ぬるな、と私は思つた。それから間もなく、もう念仏の声がしてゐるのであつた。亡くなつたのは、そこの家の長女の配偶で、広島で遭難し歩いて此処まで戻つて来たのだが、床に就いてから火傷の皮を無意識にひつかくと、忽ち脳症をおこしたのださうだ。

病院は何時行つても負傷者で立込んでゐた。三人掛りで運ばれて来る、全身硝子の破片で引裂かれてゐる中年の婦人、――その婦人の手当には一時間も暇がかかるので、私達は昼すぎまで待たされるのであつた。――手押車で運ばれて来る、老人の重傷者、顔と手を火傷してゐる中学生――彼は東練兵場で遭難したのださうだ。――など、何時も出喰はす顔があつた。小さな姪はガーゼを取替へられる時、狂気のやうに泣喚く。

「痛い、痛いよ、羊羹をおくれ」

「羊羹をくれとは困るな」と医者は苦笑した。診察室の隣の座敷の方には、そこにも医者の身内の遭難者が担ぎ込まれてゐるとみえて、怪しげな断末魔のうめきを放つてゐた。負傷者を運ぶ途上でも空襲警報は頻々と出たし、頭上をゆく爆音もしてゐた。その日も、私のところの順番はなかなかやつて来ないので、車を病院の玄関先に放つたまま、私は一まづ家へ帰つて休まうと思つた。台所にゐた妹が戻つて来た私の姿を見ると、

「さつきから『君が代』がしてゐるのだが、どうしたのかしら」と不思議さうに訊ねるのであつた。

私ははつとして、母屋の方のラジオの側へつかつかと近づいて行つた。放送の声は明確にはききとれなかつたが、休戦といふ言葉はもう疑へなかつた。私はじつとしてゐられない衝動のまま、再び外へ出て、病院の方へ出掛けた。病院の玄関先には次兄がまだ呆然と待たされてゐた。私はその姿を見ると、

「惜しかつたね、戦争は終つたのに……」と声をかけた。もう少し早く戦争が終つてくれたら――この言葉は、その後みんなで繰返された。彼は末の息子を喪つてゐたし、ここへ疎開するつもりで準備してゐた荷物もすつかり焼かれてゐたのだつた。

私は夕方、青田の中の径を横切つて、八幡川の堤の方へ降りて行つた。浅い流れの小川であつたが、水は澄んでゐて、岩の上には黒とんぼが翅を休めてゐた。私はシヤツの儘水に浸ると、大きな息をついた。頭をめぐらせば、低い山脈が静かに黄昏の色を吸集してゐるし、遠くの山の頂は日の光に射られてキラキラと輝いてゐる。これはまるで嘘のやうな景色であつた。もう空襲のおそれもなかつたし、今こそ大空は深い静謐を湛へてゐるのだ。ふと、私はあの原子爆弾の一撃からこの地上に新しく墜落して来た人間のやうな気持がするのであつた。それにしても、あの日、饒津の河原や、泉邸の川岸で死狂つてゐた人間達は、――この静かな眺めにひきかへて、あの焼跡は一体いまどうなつてゐるのだらう。新聞によれば、七十五年間は市の中央には居住できないと報じてゐるし、人の話ではまだ整理のつかない死骸が一万もあつて、夜毎焼跡には人魂が燃えてゐるといふ。川の魚もあの後二三日して死骸を浮べてゐたが、それを獲つて喰つた人間は間もなく死んでしまつたといふ。あの時、元気で私達の側に姿を見せてゐた人達も、その後敗血症で斃れてゆくし、何かまだ、惨として、割りきれない不安が附纏ふのであつた。

食糧は日々に窮乏してゐた。ここでは、罹災者に対して何の温かい手も差しのべられなかつた。毎日毎日、かすかな粥を啜つて暮らさねばならなかつたので、私はだんだん精魂が尽きて食後は無性に睡くなつた。二階から見渡せば、低い山脈の麓からずつとここまで稲田はつづいてゐる。青く伸びた稲は炎天にそよいでゐるのだ。あれは地の糧であらうか、それとも人間を飢ゑさすためのものであらうか。空も山も青い田も、飢ゑてゐる者の眼には虚しく映つた。

夜は燈火が山の麓から田のあちこちに見えだした。久振りに見る燈火は優しく、旅先にでもゐるやうな感じがした。食事の後片づけを済ますと、妹はくたくたに疲れて二階へ昇つて来る。彼女はまだあの時の悪夢から覚めきらないもののやうに、こまごまとあの瞬間のことを回想しては、ブルブルと身顫をするのであつた。あの少し前、彼女は土蔵へ行つて荷物を整理しようかと思つてゐたのだが、もし土蔵に這入つてゐたら、恐らく助からなかつただらう。私も偶然に助かつたのだが、私が遭難した処と垣一重隔てて隣家の二階にゐた青年は即死してゐるのであつた。――今も彼女は近所の子供で家屋の下敷になつてゐた姿をまざまざと思ひ浮かべて戦くのであつた。それは妹の子供と同級の子供で、前には集団疎開に加はつて田舎に行つてゐたのだが、そこの生活にどうしても馴染めないので両親の許へ引取られてゐた。いつも妹はその子供が路上で遊んでゐるのを見ると、自分の息子も暫くでいいから呼戻したいと思ふのであつた。火の手が見えだした時、妹はその子供が材木の下敷になり、首を持上げながら「をばさん、助けて」と哀願するのを見た。しかし、あの際彼女の力ではどうすることも出来なかつたのだ。

かういふ話ならいくつも転がつてゐた。長兄もあの時、家屋の下敷から身を匐ひ出して立上ると、道路を隔てて向の家の婆さんが下敷になつてゐる顔を認めた。瞬間、それを助けに行かうとは思つたが、工場の方で泣喚く学徒の声を振切るわけにはゆかなかつた。

もつと痛ましいのは嫂の身内であつた。槇氏の家は大手町の川に臨んだ閑静な栖ひで、私もこの春広島へ戻つて来ると一度挨拶に行つたことがある。大手町は原子爆弾の中心といつてもよかつた。台所で救ひを求めてゐる夫人の声を聞きながらも、槙氏は身一つで飛び出さねばならなかつたのだ。槙氏の長女は避難先で分娩すると、急に変調を来たし、輸血の針跡から化膿して遂に助からなかつた。流川町の槙氏も、これは主人は出征中で不在だつたが、夫人と子供の行衛が分らなかつた。

私が広島で暮したのは半年足らずで顔見知も少かつたが、嫂や妹などは、近所の誰彼のその後の消息を絶えず何処かから寄せ集めて、一喜一憂してゐた。

工場では学徒が三名死んでゐた。二階がその三人の上に墜落して来たらしく、三人が首を揃へて、写真か何かに見入つてゐる姿勢で、白骨が残されてゐたといふ。纔かの目じるしで、それらの姓名も判明してゐた。が、T先生の消息は不明であつた。先生はその朝まだ工場には姿を現してゐなかつた。しかし、先生の家は細工町のお寺で、自宅にゐたにしろ、途上だつたにしろ、恐らく助かつてはゐさうになかつた。

その先生の清楚な姿はまだ私の目さきにはつきりと描かれた。用件があつて、先生の処へ行くと、彼女はかすかに混乱してゐるやうな貌で、乱暴な字を書いて私に渡した。工場の二階で、私は学徒に昼休みの時間英語を教へてゐたが、次第に警報は頻繁になつてゐた。爆音がして広島上空に機影を認めるとラジオは報告してゐながら、空襲警報も発せられないことがあつた。「どうしますか」と私は先生に訊ねた。「危険さうでしたらお知らせしますから、それまでは授業してゐて下さい」と先生は云つた。だが、白昼広島上空を旋回中といふ事態はもう容易ならぬことではあつた。ある日、私が授業を了へて、二階から降りて来ると、T先生はがらんとした工場の隅にひとり腰掛けてゐた。その側で何か頻りに啼声がした。ボール箱を覗くと、雛が一杯蠢いてゐた。「どうしたのです」と訊ねると、「生徒が持つて来たのです」と先生は莞爾笑つた。

女の子は時々、花など持つて来ることがあつた。事務室の机にも活けられたし、先生の卓上にも置かれた。工場が退けて生徒達がぞろぞろ表の方へ引上げ、路上に整列すると、T先生はいつも少し離れた処から監督してゐた。先生の掌には花の包みがあり、身嗜のいい、小柄な姿は凜としたものがあつた。もし彼女が途中で遭難してゐるとすれば、あの沢山の重傷者の顔と同じやうに、想つても、ぞつとするやうな姿に変り果てたことだらう。

私は学徒や工員の定期券のことで、よく東亜交通公社へ行つたが、この春から建物疎開のため交通公社は既に二度も移転してゐた。最後の移転した場所もあの惨禍の中心にあつた。そこには私の顔を見憶えてしまつた、色の浅黒い、舌足らずでものを云ふ、しかし、賢こさうな少女がゐた。彼女も恐らく助かつてはゐないであらう。戦傷保険のことで、よく事務室に姿を現してゐた、七十すぎの老人があつた。この老人は廿日市町にゐる兄が、その後元気さうな姿を見かけたといふことであつた。

どうかすると、私の耳は何でもない人声に脅やかされることがあつた。牛小屋の方で、誰かが頓狂な喚きを発してゐる、と、すぐその喚き声があの夜河原で号泣してゐる断末魔の声を連想させた。腸を絞るやうな声と、頓狂な冗談の声は、まるで紙一重のところにあるやうであつた。私は左側の眼の隅に異状な現象の生ずるのを意識するやうになつた。ここへ移つてから、四五日目のことだが、日盛の路を歩いてゐると左の眼の隅に羽虫か何か、ふわりと光るものを感じた。光線の反射かと思つたが、日蔭を歩いて行つても、時々光るものは目に映じた。それから夕暮になつても、夜になつても、どうかする度に光るものがチラついた。これはあまりおびただしい焔を見た所為であらうか、それとも頭上に一撃を受けたためであらうか。あの朝、私は便所にゐたので、皆が見たといふ光線は見なかつたし、いきなり暗黒が滑り墜ち、頭を何かで擽りつけられたのだ。左側の眼蓋の上に出血があつたが、殆ど無疵といつていい位、怪我は軽かつた。あの時の驚愕がやはり神経に響いてゐるのであらうか、しかし、驚愕とも云へない位、あれはほんの数秒間の出来事であつたのだ。

　私はひどい下痢に悩まされだした。夕刻から荒れ模様になつてゐた空が、夜になると、ひどい風雨となつた。稲田の上を飛散る風の唸りが、電燈の点かない二階にゐてはつきりと聞える。家が吹飛ばされるかもしれないといふので、階下にゐる次兄達や妹は母屋の方へ避難して行つた。私はひとり二階に寝て、風の音をうとうとと聞いた。家が崩れる迄には、雨戸が飛び、瓦が散るだらう。みんなあの異常な体験のため神経過敏になつてゐるやうであつた。時たま風がぴつたり歇むと、蛙の啼声が耳についた。それからまた思ひきり、一もみ風は襲撃して来る。私も万一の時のことを寝たまま考へてみた。持つて逃げるものといつたら、すぐ側にある鞄ぐらゐであつた。階下の便所に行く度に空を眺めると、真暗な空はなかなか白みさうにない。パリパリと何か裂ける音がした。天井の方からザラザラの砂が墜ちて来た。

　翌朝、風はぴつたり歇んだが、私の下痢は容易にとまらなかつた。腰の方の力が抜け、足もとはよろよろとした。建物疎開に行つて遭難したのに、奇蹟的に命拾ひをした中学生の甥は、その後毛髪がすつかり抜け落ち、次第に元気を失つてゐた。そして、四肢には小さな斑点が出来だした。私も体を調べてみると、極く僅かだが、斑点があつた。念のため、とにかく一度診て貰ふため病院を訪れると、庭さきまで患者が溢れてゐた。尾道から広島へ引上げ、大手町で遭難したといふ婦人がゐた。髪の毛は抜けてゐなかつたが、今朝から血の塊りが出るといふ。妊つてゐるらしく、懶さうな顔に、底知れぬ不安と、死の近づいてゐる兆を湛へてゐるのであつた。

舟入川口町にある姉の一家は助かつてゐるといふ報せが、廿日市の兄から伝はつてゐた。義兄はこの春から病臥中だし、とても救はれまいと皆想像してゐたのだが、家は崩れてもそこは火災を免れたのださうだ。息子が赤痢でとても今苦しんでゐるから、と妹に応援を求めて来た。妹もあまり元気ではなかつたが、とにかく見舞に行くことにして出掛けた。そして、翌日広島から帰つて来た妹は、電車の中で意外にも西田と出逢つた経緯を私に語つた。

西田は二十年来、店に雇はれてゐる男だが、あの朝はまだ出勤してゐなかつたので、途中で光線にやられたとすれば、とても駄目だらうと想はれてゐた。妹は電車の中で、顔のくちやくちやに腫れ上つた黒焦の男を見た。乗客の視線もみんなその方へ注がれてゐたが、その男は割りと平気で車掌に何か訊ねてゐた。声がどうも西田によく似てゐると思つて、近寄つて行くと、相手も妹の姿を認めて大声で呼びかけた。その日収容所から始めて出て来たところだといふことであつた。……私が西田を見たのは、それから一ケ月あまり後のことで、その時はもう顔の火傷も乾いてゐた。自転車もろとも跳ね飛ばされ、収容所に担ぎ込まれてからも、西田はひどい辛酸を嘗めた。周囲の負傷者は殆ど死んで行くし、西田の耳には蛆が湧いた。「耳の穴の方へ蛆が這入らうとするので、やりきれませんでした」と彼はくすぐつたさうに首を傾けて語つた。

九月に入ると、雨ばかり降りつづいた。頭髪が脱け元気を失つてゐた甥がふと変調をきたした。鼻血が抜け、咽喉からも血の塊りをごくごく吐いた。今夜が危なからうといふので、廿日市の兄たちも枕許に集つた。つるつる坊主の蒼白の顔に、小さな縞の絹の着物を着せられて、ぐつたり横はつてゐる姿は文楽か何かの陰惨な人形のやうであつた。鼻孔には棉の栓が血に滲んでをり、洗面器は吐きだすもので真赤に染まつてゐた。「がんばれよ」と、次兄は力の籠つた低い声で励ました。彼は自分の火傷のまだ癒えてゐないのも忘れて、夢中で看護するのであつた。不安な一夜が明けると、甥はそのまま奇蹟的に持ちこたへて行つた。

甥と一緒に逃げて助かつてゐた級友の親から、その友達は死亡したといふ通知が来た。兄が廿日市で見かけたといふ保険会社の元気な老人も、その後歯齦から出血しだし間もなく死んでしまつた。その老人が遭難した場所と私のゐた地点とは二丁と離れてはゐなかつた。

しぶとかつた私の下痢は漸く緩和されてゐたが、体の衰弱してゆくことはどうにもならなかつた。頭髪も目に見えて薄くなつた。すぐ近くに見える低い山がすつかり白い靄につつまれてゐて、稲田はざわざわと揺れた。

私は昏々と睡りながら、とりとめもない夢をみてゐた。夜の灯が雨に濡れた田の面へ洩れてゐるのを見ると、頻りに妻の臨終を憶ひ出すのであつた。妻の一周忌も近づいてゐたが、どうかすると、まだ私はあの棲み慣れた千葉の借家で、彼女と一緒に雨に鎖ぢこめられて暮してゐるやうな気持がするのである。灰燼に帰した広島の家のありさまは、私には殆ど想ひ出すことがなかつた。が、夜明の夢ではよく崩壊直後の家屋が現れた。そこには散乱しながらも、いろんな貴重品があつた。書物も紙も机も灰になつてしまつたのだが、私は内心の昂揚を感じた。何か書いて力一杯ぶつつかつてみたかつた。

ある朝、雨があがると、一点の雲もない青空が低い山の上に展がつてゐたが、長雨に悩まされ通したものの眼には、その青空はまるで虚偽のやうに思はれた。はたして、快晴は一日しか保たず、翌日からまた陰惨な雨雲が去来した。亡妻の郷里から義兄の死亡通知が速達で十日目に届いた。彼は汽車で広島へ通勤してゐたのだが、あの時は微傷だに受けず、その後も元気で活躍してゐるといふ通知があつた矢さき、この死亡通知は、私を茫然とさせた。

何か広島にはまだ有害な物質があるらしく、田舎から元気で出掛けて行つた人も帰りにはフラフラになつて戻つて来るといふことであつた。舟入川口町の姉は、夫と息子の両方の看病にほとほと疲れ、彼女も寝込んでしまつたので、再びこちらの妹に応援を求めて来た。その妹が広島へ出掛けた翌日のことであつた。ラジオは昼間から颱風を警告してゐたが、夕暮とともに風が募つて来た。風はひどい雨を伴ひ真暗な夜の怒号と化した。私が二階でうとうと睡つてゐると、下の方ではけたたましく雨戸をあける音がして、田の方に人声が頻りであつた。ザザザと水の軋るやうな音がする。堤が崩れたのである。そのうちに次兄達は母屋の方へ避難するため、私を呼び起した。まだ足腰の立たない甥を夜具のまま抱へて、暗い廊下を伝つて、母屋の方へ運んで行つた。そこにはみんな起きてゐて不安な面持であつた。その川の堤が崩れるなど、絶えて久しくなかつたことらしい。

「戦争に負けると、こんなことになるのでせうか」と農家の主婦は嘆息した。風は母屋の表戸を烈しく揺すぶつた。太い突かひ棒がそこに支へられた。

翌朝、嵐はけろりと去つてゐた。その颱風の去つた方向に稲の穂は悉く靡き、山の端には赤く濁つた雲が漾つてゐた。——鉄道が不通になつたとか、広島の橋梁が殆ど流されたとかいふことをきいたのは、それから二三日後のことであつた。

私は妻の一周忌も近づいてゐたので、本郷町の方へ行きたいと思つた。広島の寺は焼けてしまつたが、妻の郷里には、彼女を最後まで看病つてくれた母がゐるのであつた。が、鉄道は不通になつたといふし、その被害の程度も不明であつた。とにかく事情をもつと確かめるために廿日市駅へ行つてみた。駅の壁には共同新聞が貼り出され、それに被害情況が書いてあつた。列車は今のところ、大竹・安芸中野間を折返し運転してゐるらしく、全部の開通見込は不明だが、八本松・安芸中野間の開通見込が十月十日となつてゐるので、これだけでも半月は汽車が通じないことになる。その新聞には県下の水害の数字も掲載してあつたが、半月も列車が動かないなどといふことは破天荒のことであつた。

広島までの切符が買へたので、ふと私は広島駅へ行つてみることにした。あの遭難以来、久振りに訪れるところであつた。五日市まではなにごともないが、汽車が己斐駅に入る頃から、窓の外にもう戦禍の跡が少しづつ展望される。山の傾斜に松の木がゴロゴロと薙倒されてゐるのも、あの時の震駭を物語つてゐるやうだ。屋根や垣がさつと転覆した勢をその儘とどめ、黒々とつづいてゐるし、コンクリートの空洞や赤錆の鉄筋がところどころ入乱れてゐる。横川駅はわづかに乗り降りのホームを残してゐるだけであつた。そして、汽車は更に激しい壊滅区域に這入つて行つた。はじめてここを通過する旅客はただただ驚きの目を瞠るのであつたが、私にとつてはあの日の余燼がまだすぐそこに感じられるのであつた。汽車は鉄橋にかかり、常盤橋が見えて来た。焼爛れた岸をめぐつて、黒焦の巨木は天を引掻かうとしてゐるし、涯てしもない燃えがらの塊は蜿蜒と起伏してゐる。私はあの日、ここの河原で、言語に絶する人間の苦悶を見せつけられたのだが、だが、今、川の水は静かに澄んで流れてゐるのだ。そして、欄杆の吹飛ばされた橋の上を、生きのびた人々が今ぞろぞろと歩いてゐる。饒津公園を過ぎて、東練兵場の焼野が見え、小高いところに東照宮の石の階段が、何かぞつとする悪夢の断片のやうに閃いて見えた。つぎつぎに死んでゆく夥しい負傷者の中にまじつて、私はあの境内で野宿したのだつた。あの、まつ黒の記憶は向に見える石段にまだまざまざと刻みつけられてあるやうだ。

広島駅で下車すると、私は宇品行のバスの行列に加はつてゐた。宇品から汽船で尾道へ出れば、尾道から汽車で本郷に行けるのだが、汽船があるものかどうかも宇品まで行つて確かめてみなければ判らない。このバスは二時間おきに出るのに、これに乗らうとする人は数丁も続いてゐた。暑い日が頭上に照り、日蔭のない広場に人の列は動かなかつた。今から宇品まで行つて来たのでは、帰りの汽車に間に合はなくなる。そこで私は断念して、行列を離れた。

家の跡を見て来ようと思つて、私は猿猴橋を渡り、幟町の方へまつすぐに路を進んだ。左右にある廃墟が、何だかまだあの時の逃げのびて行く気持を呼起すのだつた。京橋にかかると、何もない焼跡の堤が一目に見渡せ、ものの距離が以前より遥かに短縮されてゐるのであつた。さういへば、累々たる廃墟の彼方に山脈の姿がはつきり浮び出てゐるのも、先程から気づいてゐた。どこまで行つても同じやうな焼跡ながら、夥しいガラス壜が気味悪く残つてゐる処や、鉄兜ばかりが一ところに吹寄せられてゐる処もあつた。

私はぼんやりと家の跡に佇み、あの時逃げて行つた方角を考へてみた。庭石や池があざやかに残つてゐて、焼けた樹木は殆ど何の木であつたか見わけもつかない。台所の流場のタイルは壊れないで残つてゐた。栓は飛散つてゐたが、頻りにその鉄管から今も水が流れてゐるのだ。あの時、家が崩壊した直後、私はこの水で顔の血を洗つたのだつた。いま私が佇んでゐる路には、時折人通りもあつたが、私は暫くものに憑かれたやうな気分でゐた。それから再び駅の方へ引返して行くと、何処からともなく、宿なし犬が現れて来た。そのものに脅えたやうな燃える眼は、奇異な表情を湛へてゐて、前になり後になり迷ひ乍ら従いてくるのであつた。

汽車の時間まで一時間あつたが、日蔭のない広場にはあかあかと西日が溢れてゐた。外郭だけ残つてゐる駅の建物は黒く空洞で、今にも崩れさうな印象を与へるのだが、針金を張巡らし、「危険につき入るべからず」と貼紙が掲げてある。切符売場の、テント張りの屋根は石塊で留めてある。あちこちにボロボロの服装をした男女が蹲つてゐたが、どの人間のまはりにも蠅がうるさく附纏つてゐた。蠅は先日の豪雨でかなり減少した筈だが、まだまだ猛威を振つてゐるのであつた。が、地べたに両足を投出して、黒いものをパクついてゐる男達はもうすべてのことがらに無頓着になつてゐるらしく、「昨日は五里歩いた」「今夜はどこで野宿するやら」と他人事のやうに話合つてゐた。私の眼の前にきよとんとした顔つきの老婆が近づいて来て、

「汽車はまだ出ませんか、切符はどこで切るのですか」と剽軽な調子で訊ねる。私が教へてやる前に、老婆は「あ、さうですか」と礼を云つて立去つてしまつた。これも調子が狂つてゐるのにちがひない。下駄ばきの足をひどく腫らした老人が、連れの老人に対つて何か力なく話しかけてゐた。

私はその日、帰りの汽車の中でふと、呉線は明日から試運転をするといふことを耳にしたので、その翌々日、呉線経由で本郷へ行くつもりで再び廿日市の方へ出掛けた。が、汽車の時間をとりは

づしてゐたので、電車で己斐へ出た。ここまで来ると、一そ宇品へ出ようと思つたが、ここからさき、電車は鉄橋が墜ちてゐるので、渡舟によつて連絡してゐて、その渡しに乗るにはものの一時間は暇どるといふことをきいた。そこで私はまた広島駅に行くことにして、己斐駅のベンチに腰を下ろした。

　その狭い場所は種々雑多の人で雑沓してゐた。今朝尾道から汽船でやつて来たといふ人もゐたし、柳井津で船を下ろされ徒歩でここまで来たといふ人もゐた。人の言ふことはまちまちで分らない、結局行つてみなければどこがどうなつてゐるのやら分らない、と云ひながら人々はお互に行先のことを訊ね合つてゐるのであつた。そのなかに大きな荷を抱へた復員兵が五六人ゐたが、ギロリとした眼つきの男が袋をひらいて、靴下に入れた白米を側にゐるおかみさんに無理矢理に手渡した。

「気の毒だからな、これから遺骨を迎へに行くときいては見捨ててはおけない」と彼は独言を云つた。すると、

「私にも米を売つてくれませんか」といふ男が現れた。ギロリとした眼つきの男は、

「とんでもない、俺達は朝鮮から帰つて来て、まだ東京まで行くのだぜ、道々十里も二十里も歩かねばならないのだ」と云ひながら、毛布を取出して、「これでも売るかな」と呟くのであつた。

　広島駅に来てみると、呉線開通は虚報であることが判つた。私は茫然としたが、ふと舟入川口町の姉の家を見舞はうと思ひついた。八丁堀から土橋まで単線の電車があつた。土橋から江波の方へ私は焼跡をたどつた。焼け残りの電車が一台放置してあるほかは、なかなか家らしいものは見当らなかつた。漸く畑が見え、向に焼けのこりの一郭が見えて来た。火はすぐ畑の側まで襲つて来てゐたものらしく、際どい処で、姉の家は助かつてゐる。が、塀は歪み、屋根は裂け、表玄関は散乱し

てゐた。私は裏口から廻つて、縁側のところへ出た。すると、蚊帳の中に、姉と甥と妹とその三人が枕を並べて病臥してゐるのであつた。手助に行つてた妹もここで変調をきたし、二三日前から寝込んでゐるのだつた。姉は私の来たことを知ると、「どんな顔をしてるのか、こちらへ来て見せて頂だい、あんたも病気だつたさうなが」と蚊帳の中から声をかけた。

話はあの時のことになつた。あの時、姉たちは運よく怪我もなかつたが、甥は一寸負傷したので、手当を受けに江波まで出掛けた。ところが、それが却つていけなかつたのだ。道々、もの凄い火傷者を見るにつけ、甥はすつかり気分が悪くなつてしまひ、それ以来元気がなくなつたのである。あの夜、火の手はすぐ近くまで襲つて来るので、病気の義兄は動かせなかつたが、姉たちは壕の中で戦きつづけた。それからまた、先日の颱風もここでは大変だつた。壊れてゐる屋根が今にも吹飛ばされさうで、水は漏り、風は仮借なく隙間から飛込んで来、生きた気持はしなかつたといふ。今も見上げると、天井の墜ちて露出してゐる屋根裏に大きな隙間があるのであつた。まだ此処では水道も出ず、電燈も点かず、夜も昼も物騒でならないといふ。

私は義兄に見舞を云はうと思つて隣室へ行くと、壁の剝ち、柱の歪んだ部屋の片隅に小さな蚊帳が吊られて、そこに彼は寝てゐた。見ると熱があるのか、赤くむくんだ顔を呆然とさせ、私が声をかけても、ただ「つらい、つらい」と義兄は喘いでゐるのであつた。

私は姉の家で二三時間休むと、広島駅に引返し、夕方廿日市へ戻ると、長兄の家に立寄つた。思ひがけなくも、妹の息子の史朗がここへ来てゐるのであつた。彼が疎開してゐた処も、先日の水害で交通は遮断されてゐたが、先生に連れられて三日がかりで此処まで戻つて来たのである。膝から踵の辺まで、蚤にやられた傷跡が無数にあつたが、割りと元気さうな顔つきであつた。明日彼を八幡村に連れて行くことにして、私はその晩長兄の家に泊めてもらつた。が、どういふものか睡苦しい夜であつた。焼跡のこまごました光景や、茫然とした人々の姿が睡れない頭に甦つて来る。八丁堀から駅までバスに乗つた時、ふとバスの窓に吹込んで来る風に、妙な臭ひがあつたのを私は思ひ出した。あれは死臭にちがひなかつた。あけかたから雨の音がしてゐた。翌日、私は甥を連れて雨の中を八幡村へ帰つて行つた。私についてとぼとぼ歩いて行く甥は跣足であつた。

嫂は毎日絶え間なく、亡くした息子のことを嘆いた。びしよびしよの狭い台所で、何かしながら呟いてゐることはそのことであつた。もう少し早く疎開してゐたら荷物だつて焼くのではなかつたのに、と殆ど口癖になつてゐた。黙つてきいてゐる次兄は時々思ひあまつて呶鳴ることがある。妹の息子は飢ゑに戦きながら、蝗など獲つて喰つた。次兄の息子も二人、学童疎開に行つてゐたが、汽車が不通のためまだ戻つて来なかつた。長い悪い天気が漸く恢復すると、秋晴の日が訪れた。稲の穂が揺れ、村祭の太鼓の音が響いた。堤の路を村の人達は夢中で輿を担ぎ廻つたが、空腹の私達は茫然と見送るのであつた。ある朝、舟入川口町の義兄が死んだと通知があつた。

私と次兄は顔を見あはせ、葬式へ出掛けてゆく支度をした。電車駅までの一里あまりの路を川に添つて二人はすたすた歩いて行つた。とうとう亡くなつたか、と、やはり感慨に打たれないではゐられなかつた。

私がこの春帰郷して義兄の事務所を訪れた時のことがまづ目さきに浮んだ。彼は古びたオーバーを着込んで、「寒い、寒い」と顫へながら、生木の燻る火鉢に獅噛みついてゐた。言葉も態度もひどく弱々しくなつてゐて、滅きり老い込んでゐた。それから間もなく寝つくやうになつたのだ。医師の診断では肺を犯されてゐるといふことであつたが、彼の以前を知つてゐる人にはとても信じられないことではあつた。ある日、私が見舞に行くと、急に白髪の増えた頭を持あげ、いろんなことを喋つた。彼はもうこの戦争が惨敗に近づいてゐることを予想し、国民は軍部に欺かれてゐたのだと微かに悲憤の声を洩らすのであつた。そんな言葉をこの人の口からきかうとは思ひがけぬことであつた。日華事変の始まつた頃、この人は酔ぱらつて、ひどく私に絡んで来たことがある。長い間陸軍技師をしてゐた彼には、私のやうなものはいつも気に喰はぬ存在と思へたのであらう。私はこの人の半生を、さまざまのことを憶えてゐる。この人のことについて書けば限りがないのであつた。

私達は己斐に出ると、市電に乗替へた。市電は天満町まで通じてゐて、そこから仮橋を渡つて向岸へ徒歩で連絡するのであつた。この仮橋もやつと昨日あたりから通れるやうになつたものと見えて、三尺幅の一人しか歩けない材木の上を人はおそるおそる歩いて行くのであつた。(その後も鉄橋はなかなか復旧せず、徒歩連絡のこの地域には闇市が栄えるやうになつたのである。)私達が姉の家に着いたのは昼まへであつた。

天井の墜ち、壁の裂けてゐる客間に親戚の者が四五人集まつてゐた。姉は皆の顔を見ると、「あれも子供達に食べさせたいばつかしに、自分は弁当を持つて行かず、雑炊食堂を歩いて昼餉をすませてゐたのです」と泣いた。義兄は次の間に白布で被はれてゐた。その死顔は火鉢の中に残つてゐる白い炭を連想さすのであつた。

遅くなると電車も無くなるので、火葬は明るいうちに済まさねばならなかつた。近所の人が死体を運び、準備を整へた。やがて皆は姉の家を出て、そこから四五町さきの畑の方へ歩いて行つた。畑のはづれにある空地に義兄は棺もなくシイツにくるまれたまま運ばれてゐた。ここは原子爆弾以来、多くの屍体が焼かれる場所で、焚つけは家屋の壊れた破片が積重ねてあつた。皆が義兄を中心に円陣を作ると、国民服の僧が読経をあげ、藁に火が点けられた。すると十歳になる義兄の息子がこの時わーッと泣きだした。火はしめやかに材木に燃え移つて行つた。雨もよひの空はもう刻々と薄暗くなつてゐた。私達はそこで別れを告げると、帰りを急いだ。

私と次兄とは川の堤に出て、天満町の仮橋の方へ路を急いだ。足許の川はすつかり暗くなつてゐたし、片方に展がつてゐる焼跡には灯一つも見えなかつた。暗い小寒い路が長かつた。どこからともなしに死臭の漾つて来るのが感じられた。このあたり家の下敷になつた儘とり片づけてない屍体がまだ無数にあり、蛆の発生地となつてゐるといふことを聞いたのはもう大分以前のことであつたが、真黒な焼跡は今も陰々と人を脅すやうであつた。ふと、私はかすかに赤ん坊の泣声をきいた。耳の迷ひでもなく、だんだんその声は歩いて行くに随つてはつきりして来た。勢のいい、悲しげな、しかし、これは何といふ初々しい声であらう。このあたりにもう人間は生活を営み、赤ん坊さへ泣いてゐるのであらうか。何ともいひしれぬ感情が私の腸を抉るのであつた。

槙氏は近頃上海から復員して帰つて来たのですが、帰つてみると、家も妻子も無くなつてゐました。で、廿日市町の妹のところへ身を寄せ、時々、広島へ出掛けて行くのでした。あの当時から数へても四ケ月も経つてゐる今日、今迄行衛不明の人が現れないとすれば、もう死んだと諦めるよりほかはありません。槙氏にしてみても、細君の郷里をはじめ心あたりを廻つてはみましたが、何処でも悔みを云はれるだけでした。流川の家の焼跡へも二度ばかり行つてみました。罹災者の体験談もあちこちで聞かされました。

　実際、広島では今でも何処かで誰かが絶えず八月六日の出来事を繰返し繰返し喋つてゐるのでした。行衛不明の妻を探すために数百人の女の死体を抱き起して首実検してみたところ、どの女も一人として腕時計をしてゐなかつたといふ話や、流川放送局の前に伏さつて死んでゐた婦人は赤ん坊に火のつくのを防ぐやうな姿勢で打伏になつてゐたといふ話や、さうかと思ふと瀬戸内海のある島では当日、建物疎開の勤労奉仕に村の男子が全部動員されてゐたので、一村挙つて寡婦となり、その後女房達は村長のところへ捻ぢ込んで行つたといふ話もありました。槙氏は電車の中や駅の片隅で、そんな話をきくのが好きでしたが、広島へ度々出掛けて行くのも、いつの間にか習慣のやうになりました。自然、己斐駅や広島駅前の闇市にも立寄りました。が、それよりも、焼跡を歩きまはるのが一種のなぐさめになりました。以前はよほど高い建ものにでも登らない限り見渡せなかつた、中国山脈がどこを歩いてゐても一目に見えますし、瀬戸内海の島山の姿もすぐ目の前に見えるのです。それらの山々は焼跡の人間達を見おろし、一体どうしたのだ？　と云はんばかりの貌つきです。しかし、焼跡には気の早い人間がもう粗末ながらバラックを建てはじめてゐました。軍都として栄えた、この街が、今後どんな姿で更生するだらうかと、槙氏は想像してみるのでした。すると緑樹にとり囲まれた、平和な、街の姿がぼんやりと浮ぶのでした。あれを思ひ、これを思ひ、ぼんやりと歩いてゐると、槙氏はよく見知らぬ人から挨拶されました。ずつと以前、槙氏は開業医をしてゐたので、もしかしたら患者が顔を憶えてゐてくれたのではあるまいかとも思はれましたが、それにしても何だか変なのです。

　最初、かういふことに気附いたのは、たしか、己斐から天満橋へ出る泥濘を歩いてゐる時でした。恰度、雨が降りしきつてゐましたが、向から赤錆びたトタンの切れつぱしを頭に被り、ぼろぼろの着物を纏つた乞食らしい男が、雨傘のかはりに翳してゐるトタンの切れから、ぬつと顔を現はしました。そのギロギロと光る眼は不審げに、槙氏の顔をまじまじと眺め、今にも名乗をあげたいやうな表情でした。が、やがて、さつと絶望の色に変り、トタンで顔を隠してしまひました。

混み合ふ電車に乗つてゐても、向から頻りに槙氏に対つて頷く顔があります。ついうつかり槙氏も頷きかへすと、「あなたはたしか山田さんではありませんでしたか」などと人ちがひのことがあるのです。この話をほかの人に話したところ、見知らぬ人から挨拶されるのは、何も槙氏に限つたことでないことがわかりました。実際、広島では誰かが絶えず、今でも人を捜し出さうとしてゐるのでした。

壊滅の序曲

朝から粉雪が降つてゐた。その街に泊つた旅人は何となしに粉雪の風情に誘はれて、川の方へ歩いて行つてみた。本川橋は宿からすぐ近くにあつた。本川橋といふ名も彼には久し振りに思ひ出したのである。むかし彼が中学生だつた頃の記憶がまだそこに残つてゐさうだつた。粉雪は彼の繊細な視覚を更に鋭くしてゐた。橋の中ほどに佇んで、岸を見てゐると、ふと、『本川饅頭』といふ古びた看板があるのを見つけた。突然、彼は不思議なほど静かな昔の風景のなかに浸つてゐるやうな錯覚を覚えた。が、つづいて、ぶるぶると戦慄が湧くのをどうすることもできなかつた。この粉雪につつまれた一瞬の静けさのなかに、最も痛ましい終末の日の姿が閃いたのである。……彼はそのことを手紙に誌して、その街に棲んでゐる友人に送つた。さうして、そこの街を立去り、遠方へ旅立つた。

……その手紙を受取つた男は、二階でぼんやり窓の外を眺めてゐた。すぐ眼の前に隣家の小さな土蔵が見え、屋根近くその白壁の一ところが剝脱してゐて粗い赭土を露出させた寂しい眺めが、——さういふ些細な部分だけが、昔ながらの面影を湛へてゐるやうであつた。……彼も近頃この街へ棲むやうになつたのだが、久しいあひだ郷里を離れてゐた男には、すべてが今は縁なき衆生のやうであつた。少年の日の彼の夢想を育んだ山や河はどうなつたのだらうか、——彼は足の赴くままに郷里の景色を見て歩いた。残雪をいただいた中国山脈や、その下を流れる川は、ぎごちなく武装した、ざわつく街のために稀薄な印象をとどめてゐた。巷では、行逢ふ人から、木で鼻を括るやうな扱ひを受けた。殺気立つた中に、何ともいへぬ間の抜けたものも感じられる、奇怪な世界であつた。

……いつのまにか彼は友人の手紙にある戦慄について考へめぐらしてゐた。想像を絶した地獄変、しかも、それは一瞬にして捲き起るやうにおもへた。さうすると、彼はやがてこの街とともに滅び失せてしまふのだらうか、それとも、この生れ故郷の末期の姿を見とどけるために彼は立戻つて来たのであらうか。賭にも等しい運命であつた。どうかすると、その街が何ごともなく無疵のまま残されること、——そんな虫のいい、愚かしいことも、やはり考へ浮かぶのではあつた。

黒羅紗の立派なジヤンパーを腰のところで締め、綺麗に剃刀のあたつた頤を光らせながら、清二は忙しげに正三の部屋の入口に立ちはだかつた。

「おい、何とかせよ」

さういふ語気にくらべて、清二の眼の色は弱かつた。彼は正三が手紙を書きかけてゐる机の傍に坐り込むと、側にあつたギンゲルマンの『希臘芸術模倣論』の挿絵をパラパラとめくつた。正三はペンを擱くと、黙つて兄の仕草を眺めてゐた。若いとき一時、美術史に熱中したことのあるこの兄は、今でもさういふものには惹きつけられるのであらうか……。だが、清二はすぐにパタンとその本を閉ぢてしまつた。

それはさきほどの「何とかせよ」といふ語気のつづきのやうにも正三にはおもへた。長兄のところへ舞戻つて来てからもう一ケ月以上になるのに、彼は何の職に就くでもなし、ただ朝寝と夜更かしをつづけてゐた。

彼にくらべると、この次兄は毎日を規律と緊張のうちに送つてゐるのであつた。製作所が退けてからも遅くまで、事務室の方に灯がついてゐることがある。そこの露次を通りかかつた正三が事務室の方へ立寄つてみると、清二はひとり机に凭つて、せつせと書きものをしてゐた。工員に渡す月給袋の捺印とか、動員署へ提出する書類とか、さういふ事務的な仕事に満足してゐることは、彼が書く特徴ある筆蹟にも窺はれた。判で押したやうな型に嵌まつた綺麗な文字で、いろんな掲示が事務室の壁に張りつけてある。……正三がぼんやりその文字に見とれてゐると、清二はくるりと廻転椅子を消えのこつた煉炭ストーブの方へ向けながら、「タバコやらうか」と、机の引出から古びた鵬翼の袋を取出し、それから棚の上のラジオにスイッチを入れるのだつた。ラジオは硫黄島の急を告げてゐた。話はとかく戦争の見とほしになるのであつた。清二はぽつんと懐疑的なことを口にしたし、正三ははつきり絶望的な言葉を吐いた。

……夜間、警報が出ると、清二は大概、事務室へ駈けつけて来た。警報が出てから五分もたたない頃、表の呼鈴が烈しく鳴る。寝呆け顔の正三が露次の方から、内側の扉を開けると、表には若い女が二人佇んでゐる。監視当番の女工員であつた。「今晩は」と一人が正三の方へ声をかける。正三は直かに胸を衝かれ、襟を正さねばならぬ気持がするのであつた。それから彼が事務室の闇を手探りながら、ラジオに灯りを入れた頃、厚い防空頭巾を被つた清二がそはそはやつて来る。「誰かゐるのか」と清二は灯の方へ声をかけ、椅子に腰を下ろすのだが、すぐにまた立上つて工場の方を見て廻つた。さうして、警報が出た翌朝も、清二は早くから自転車で出勤した。奥の二階でひとり朝寝をしてゐる正三のところへ、「いつまで寝てゐるのだ」と警告しに来るのも彼であつた。

　今も正三はこの兄の忙しげな容子にいつもの警告を感じるのであつたが、清二は『希臘芸術模倣論』を元の位置に置くと、ふとかう訊ねた。

「兄貴はどこへ行つた」

「けさ電話かかつて、高須の方へ出掛けたらしい」

　すると、清二は微かに眼に笑みを浮べながら、ごろりと横になり、「またか、困つたなあ」と軽く呟くのであつた。それは正三の口から順一の行動について、もつといろんなことを喋りだすのを待つてゐるやうであつた。だが、正三には長兄と嫂とのこの頃の経緯は、どうもはつきり筋道が立たなかつたし、それに、順一はこのことについては必要以外のことは決して喋らないのであつた。

　正三が本家へ戻つて来たその日から、彼はそこの家に漾ふ空気の異状さに感づいた。それは電燈に被せた黒い布や、いたるところに張りめぐらした暗幕のせゐではなく、また、妻を喪つて仕方なくこの不自由な時節に舞戻つて来た弟を歓迎しない素振ばかりでもなく、もつと、何かやりきれないものが、その家には潜んでゐた。順一の顔には時々、嶮しい陰翳が抉られてゐたし、嫂の高子の顔は思ひあまつて茫と疼くやうなものが感じられた。三菱へ学徒動員で通勤してゐる二人の中学生の甥も、妙に黙り込んで陰鬱な顔つきであつた。

……ある日、嫂の高子がその家から姿を晦ました。すると順一のひとり忙しげな外出が始まり、家の切廻しは、近所に棲んでゐる寡婦の妹に任せられた。この康子は夜遅くまで二階の正三の部屋にやつて来ては、のべつまくなしに、いろんなことを喋つた。嫂の失踪はこんどが初めてではなく、もう二回も康子が家の留守をあづかつてゐることを正三は知つた。この三十すぎの小姑の口から描写される家の空気は、いろんな臆測と歪曲に満ちてゐたが、それだけに正三の頭脳に熱つぽくこびりつくものがあつた。

……暗幕を張つた奥座敷に、飛きり贅沢な緞子の炬燵蒲団が、スタンドの光に射られて紅く燃えてゐる、――その側に、気の抜けたやうな順一の姿が見かけられることがあつた。その光景は正三に何かやりきれないものをつたへた。だが、翌朝になると順一は作業服を着込んで、せつせと疎開の荷造を始めてゐる、その顔は一図に傲岸な殺気を含んでゐた。……それから時々、市外電話がかかつて来ると、長兄は忙しげに出掛けて行く。高須には誰か調停者がゐるらしかつた――が、それ以上のことは正三にはわからなかつた。

……妹はこの数年間の嫂の変貌振りを、――それは戦争のためあらゆる困苦を強ひられて来た自分と比較して、――戦争によつて栄燿栄華をほしいままにして来たものの姿として、そしてこの訳のわからない今度の失踪も、更年期の生理的現象だらうかと、何かもの恐ろしげに語るのであつた。……だらだらと妹が喋つてゐると、清二がやつて来て黙つて聴いてゐることがあつた。「要するに、勤労精神がないのだ。少しは工員のことも考へてくれたらいいのに」と次兄はぽつんと口を挿む。「まあ、立派な有閑マダムでせう」と妹も頷く。「だが、この戦争の虚偽が、今ではすべての人間の精神を破壊してゆくのではないかしら」と、正三が云ひだすと「ふん、そんなまはりくどいことではない、だんだん栄燿の種が尽きてゆくので、嫂はむかつ腹たてだしたのだ」と清二はわらふ。

　高子は家を飛出して、一週間あまりすると、けろりと家に帰つて来た。だが、何かまだ割りきれないものがあるらしく、四五日すると、また行衛を晦ました。すると、また順一の追求が始まつた。

「今度は長いぞ」と順一は昂然として云ひ放つた。

「愚図愚図すれば、皆から馬鹿にされる。四十にもなつて、碌に人に挨拶もできない奴ばかりぢやないか」と弟達にあてこすることもあつた。……正三は二人の兄の性格のなかに彼と同じものを見出すことがあつて、時々、厭な気持がした。森製作所の指導員をしてゐる康子は、兄たちの世間に対する態度の拙劣さを指摘するのだつた。その拙劣さは正三にもあつた。……しかし、長い間、離れてゐるうちに、何と兄たちはひどく変つて行つたことだらう。それでは正三自身はちつとも変らなかつたのだらうか。……否。みんなが、みんな、日毎に迫る危機に晒されて、まだまだ変らうとしてゐるし、変つてゆくに違ひない。ぎりぎりのところをみとどけなければならぬ。――これが、この頃の正三に自然に浮んで来るテーマであつた。

「来たぞ」といつて、清二は正三の眼の前に一枚の紙片を差出した。点呼令状であつた。正三はじつとその紙に眼をおとし、印刷の隅々まで読みかへした。

「五月か」と彼はさう呟いた。正三は昨年、国民兵の教育召集を受けた時ほどにはもう驚かなかつた。が、しかし清二は彼の顔に漾ふ苦悶の表情をみてとつて、「なあに、どつちみち、今となつては、内地勤務だ、大したことないさ」と軽くうそぶいた。……五月といへば、二ケ月さきのことであつたが、それまでこの戦争が続くだらうか、と正三は窃かに考へ耽つた。

何といふことなしに正三は、ぶらぶらと街をよく散歩した。妹の息子の乾一を連れて、久振りに泉邸へも行つてみた。昔、彼が幼なかつたとき彼もよく誰かに連れられて訪れたことのある庭園だが、今も淡い早春の陽ざしのなかに樹木や水はひつそりとしてゐた。絶好の避難場所、さういふ念想がすぐ閃めくのであつた。……映画館は昼間から満員だつたし、盛場の食堂はいつも賑はつてゐた。正三は見覚えのある小路を選んでは歩いてみたが、どこにももう子供心に印されてゐた懐しいものは見出せなかつた。下士官に引率された兵士の一隊が悲壮な歌をうたひながら、突然、四つ角から現れる。頭髪に白鉢巻をした女子勤労学徒の一隊が、兵隊のやうな歩調でやつて来るのともすれちがつた。

……橋の上に佇んで、川上の方を眺めると、正三の名称を知らない山々があつたし、街のはての瀬戸内海の方角には島山が、建物の蔭から顔を覗けた。この街を包囲してゐるそれらの山々に、正三はかすかに何かよびかけたいものを感じはじめた。……ある夕方、彼はふと町角を通りすぎる二人の若い女に眼が惹きつけられた。健康さうな肢体と、豊かなパーマネントの姿は、明日の新しいタイプかとちよつと正三の好奇心をそそつた。彼は彼女たちの後を追ひ、その会話を漏れ聴かうと試みた。

「お芋がありさへすりやあ、ええわね」

間ののびた、げつそりするやうな、声であつた。

森製作所では六十名ばかりの女子学徒が、縫工場の方へやつて来ることになつてゐた。学徒受入式の準備で、清二は張切つてゐたし、その日が近づくにつれて、今迄ぶらぶらしてゐた正三も自然、事務室の方へ姿を現はし、雑用を手伝はされた。新しい作業服を着て、ガラガラと下駄をひきずりながら、土蔵の方から椅子を運んでくる正三の様子は、慣れない仕事に抵抗しようとするやうな、ぎこちなさがあつた。……椅子が運ばれ、幕が張られ、それに清二の書いた式順の項目が掲示され、式場は既に整つてゐた。その日は九時から式が行はれるはずであつた。だが、早朝から発せられた空襲警報のために、予定はすつかり狂つてしまつた。

「……備前岡山、備後灘、松山上空」とラジオは艦載機来襲を刻々と告げてゐる。正三の身支度が出来た頃、高射砲が唸りだした。この街では、はじめてきく高射砲であつたが、どんよりと曇つた空がかすかに緊張して来た。だが、機影は見えず、空襲警報は一旦、警戒警報に移つたりして、人々はただそはそはしてゐた。……正三が事務室へ這入つて行くと、鉄兜を被つた上田の顔と出逢つた。「とうとう、やつて来ましたの、なんちゆうことかいの」

と、田舎から通勤して来る上田は彼に話しかける。その逞しい体軀や淡白な心を現はしてゐる相手の顔つきは、いまも何となしに正三に安堵の感を抱かせるのであつた。そこへ清二のジヤンパー姿が見えた。顔は颯爽と笑みを浮かべようとして、眼はキラキラ輝いてゐた。……上田と清二が表の方へ姿を消し、正三ひとりが椅子に腰を下ろしてゐた時であつた。彼は暫くぼんやりと何も考へてはゐなかつたが、突然、屋根の方を、ビユンと唸る音がして、つづいて、バリバリと何か裂ける響がした。それはすぐ頭上に墜ちて来さうな感じがして、正三の視覚はガラス窓の方へつ走つた。向の二階の簷と、庭の松の梢が、一瞬、異常な密度で網膜に映じた。音響はそれきり、もうきこえなかつた。暫くすると、表からドカドカと人々が帰つて来た。「あ、魂消た、度胆を抜かれたわい」と三浦は歪んだ笑顔をしてゐた。……警報解除になると、往来をぞろぞろと人が通りだした。ざわざわしたなかに、どこか浮々した空気さへ感じられるのであつた。すぐそこで拾つたのだといつて誰かが砲弾の破片を持つて来た。

その翌日、白鉢巻をした小さな女学生の一クラスが校長と主任教師に引率されてぞろぞろとやつて来ると、すぐに式場の方へ導かれ、工員たちも全部着席した頃、正三は三浦と一緒に一番後からしんがりの椅子に腰を下ろしてゐた。県庁動員課の男の式辞や、校長の訓示はいい加減に聞流してゐたが、やがて、立派な国民服姿の順一が登壇すると、正三は興味をもつて、演説の一言一句をきとつた。かういふ行事には場を踏んで来たものらしく、声も態度もキビキビしてゐた。だが、かすかに言葉に——といふよりも心の矛盾に——つかへてゐるやうなところもあつた。正三がじろじろ観察してゐると、順一の視線とピツたり出喰はした。それは何かに挑みかかるやうな、不思議な光を放つてゐた。……学徒の合唱が終ると、彼女たちはその日から賑やかに工場へ流れて行つた。毎朝早くからやつて来て、夕方きちんと整列して先生に引率されながら帰つてゆく姿は、ここの製作所に一脈の新鮮さを齎し、多少の潤ひを混へるのであつた。そのいぢらしい姿は正三の眼にも映つた。

正三は事務室の片隅で釦を数へてゐた。卓の上に散らかつた釦を百箇づつ纏めればいいのであるが、のろのろと馴れない指さきで無器用なことを続けてゐると、来客と応対しながらじろじろ眺めてゐた順一はとうとう堪りかねたやうに、「そんな数へ方があるか、遊びごとではないぞ」と声をかけた。せつせと手紙を書きつづけてゐた片山が、すぐにペンを擱いて、正三の側にやつて来た。「あ、それですか、それはかうして、こんな風にやつて御覧なさい」片山は親切に教へてくれるのであつた。この彼よりも年下の、元気な片山は、恐しいほど気がきいてゐて、いつも彼を圧倒するのであつた。

艦載機がこの街に現れてから九日目に、また空襲警報が出た。が、豊後水道から侵入した編隊は佐田岬で迂廻し、続々と九州へ向かふのであつた。こんどは、この街には何ごともなかつたものの、この頃になると、遽かに人も街も浮足立つて来た。軍隊が出動して、街の建物を次々に破壊して行くと、昼夜なしに疎開の車馬が絶えなかつた。

昼すぎ、みんなが外出したあとの事務室で、正三はひとり岩波新書の『零の発見』を読み耽けつてゐた。ナポレオン戦役の時、ロシア軍の捕虜になつたフランスの一士官が、憂悶のあまり数学の研究に没頭してゐたといふ話は、妙に彼の心に触れるものがあつた。……ふと、そこへ、せかせかと清二が戻つて来た。何かよほど興奮してゐるらしいことが、顔つきに現れてゐた。

「兄貴はまだ帰らぬか」

「まだらしいな」正三はぼんやり応へた。相変らず、順一は留守がちのことが多く、高子との紛争も、その後どうなつてゐるのか、第三者には把めないのであつた。

「ぐづぐづしてはゐられないぞ」清二は怒気を帯びた声で話しだした。「外へ行つて見て来るといい。竹屋町の通も平田屋町辺もみんな取払はれてしまつたぞ。被服支廠もいよいよ疎開だ」

「ふん、さういふことになつたのか。してみると、広島は東京よりまづ三月ほど立遅れてゐたわけだね」正三が何の意味もなくそんなことを呟くと、

「それだけ広島が遅れてゐたのは有難いと思はねばならぬではないか」と清二は眼をまじまじさせて、なほも硬い表情をしてゐた。

……大勢の子供を抱へた清二の家は、近頃は次から次へとごつたかへす要件で紛糾してゐた。どの部屋にも、疎開の衣類が跳繰りだされ、それに二人の子供は集団疎開に加はつて近く出発するこ

とになつてゐたので、その準備だけでも大変だつた。手際のわるい光子はのろのろと仕事を片づけ、どうかすると無駄話に時を浪費してゐる。清二は外から帰つて来ると、いつも苛々した気分で妻にあたり散らすのであつたが、その癖、夕食が済むと、奥の部屋に引籠つて、せつせとミシンを踏んだ。リユツクサツクを縫ふのであつた。しかし、リユツクなら既に二つも彼の家にはあつたし、急ぐ品でもなささうであつた。清二はただ、それを拵へる面白さに夢中だつた。「なあにくそ、なあにくそ」とつぶやきながら、針を運んだ。「職人なんかに負けてたまるものか」事実、彼の拵へたリユツクは下手な職人の品よりか優秀であつた。

……かうして、清二は清二なりに何か気持を紛らし続けてゐたのだが、今日、被服支廠に出頭すると、工場疎開を命じられたのには、急に足許が揺れだす思ひがした。それから帰路、竹屋町辺まで差しかかると、昨日まで四十何年間も見馴れた小路が、すつかり歯の抜けたやうになつてゐて、兵隊は滅茶苦茶に鉈を振るつてゐる。廿代に二三年他郷に遊学したほかは、殆どこの郷土を離れたこともなく、与へられた仕事を堪へしのび、その地位も漸く安定してゐた清二にとつて、それは堪へがたいことであつた。……一体全体どうなるのか。正三などにわかることではなかつた。彼は、一刻も速く順一に会つて、工場疎開のことを告げておきたかつた。親身で兄と相談したいことは、いくらもあるやうな気持がした。それなのに、順一は順一で高子のことに気を奪はれ、今は何のたよりにもならないやうであつた。

清二はゲートルをとりはづし、暫くぼんやりしてゐた。そのうちに上田や三浦が帰つて来ると、事務室は建物疎開の話で持ちきつた。「乱暴なことをする喃。ちうに、鋸で柱をゴシゴシ引いて、縄かけてエンヤサエンヤサと引張り、それで片つぱしからめいで行くのだから、瓦も何もわや苦茶ぢや」と上田は兵隊の早業に感心してゐた。「永田の紙屋なんか可哀相なものさ。あの家は外から見ても、それは立派な普請だが、親爺さん床柱を撫でてわいわい泣いたよ」と三浦は見てきたやうに語る。すると、清二も今はニコニコしながら、この話に加はるのであつた。そこへ冴えない顔つきをして順一も戻つて来た。

四月に入ると、街にはそろそろ嫩葉も見えだしたが、壁土の土砂が風に煽られて、空気はひどくザラザラしてゐた。車馬の往来は絡繹とつづき、人間の生活が今はむき出しで晒されてゐた。「あんなものまで運んでゐる」と、清二は事務室の窓から外を眺めて笑つた。台八車に雉子の剝製が揺れながら見えた。「情ないものぢやないか。中国が悲惨だとか何とか云ひながら、こちらだつて中国のやうになつてしまつたぢやないか」と、流転の相に心を打たれてか、順一もつぶやいた。

この長兄は、要心深く戦争の批判を避けるのであつたが、硫黄島が陥落した時には、「東条なんか八つ裂きにしてもあきたらない」と漏らした。だが、清二が工場疎開のことを急かすと、「被服支廠から真先に浮足立つたりしてどうなるのだ」と、あまり賛成しないのであつた。

正三もゲートルを巻いて外出することが多くなつた。銀行、県庁、市役所、交通公社、動員署——どこへ行つても簡単な使ひであつたし、帰りにはぶらぶらと巷を見て歩いた。……堀川町の通がぐいと思ひきり切開かれ、土蔵だけを残し、ギラギラと破壊の跡が遠方まで展望されるのは、印象派の絵のやうであつた。これはこれで趣もある、と正三は強ひてそんな感想を抱かうとした。すると、ある日、その印象派の絵の中に真白な鷗が無数に動いてゐた。勤労奉仕の女学生たちであつた。彼女たちはピカピカと光る破片の上におりたち、白い上衣に明るい陽光を浴びながら、てんでに弁当を抜いてゐるのであつた。……古本屋へ立寄つてみても、書籍の変動が著しく、狼狽と無秩序がここにも窺はれた。「何か天文学の本はありませんか」そんなことを尋ねてゐる青年の声がふと彼の耳に残つた。

……電気休みの日、彼は妻の墓を訪れ、その序でに饒津公園の方を歩いてみた。以前この辺は花見遊山の人出で賑はつたものだが、さうおもひながら、ひつそりとした木蔭を見やると、老婆と小さな娘がひそひそと弁当をひろげてゐた。桃の花が満開で、柳の緑は燃えてゐた。だが、正三にはどうも、まともに季節の感覚が映つて来なかつた。何かがずれさがつて、恐しく調子を狂はしてゐる。――そんな感想を彼は友人に書き送つた。岩手県の方に疎開してゐる友からもよく便りがあつた。「元気でゐて下さい。細心にやつて下さい」さういふ短い言葉の端にも正三は、ひたすら終戦の日を祈つてゐるものの気持を感じた。だが、その新しい日まで己は生きのびるだらうか……。

片山のところに召集令状がやつて来た。精悍な彼は、いつものやうに冗談をいひながら、てきぱきと事務の後始末をして行くのであつた。

「これまで点呼を受けたことはあるのですか」と正三は彼に訊ねた。

「それも今年はじめてある筈だつたのですが、……いきなりこれでさあ。何しろ、千年に一度あるかないかの大いくさですよ」と片山は笑つた。

長い間、病気のため姿を現はさなかつた三津井老人が事務室の片隅から、憂はしげに彼等の様子を眺めてゐたが、このとき静かに片山の側に近寄ると、

「兵隊になられたら、馬鹿になりなさいよ、ものを考へてはいけませんよ」と、息子に云ひきかすやうに云ひだした。

……この三津井老人は正三の父の時代から店に

ゐた人で、子供のとき正三は一度学校で気分が悪くなり、この人に迎へに来てもらつた記憶がある。そのとき三津井は青ざめた彼を励ましながら、川のほとりで嘔吐する肩を撫でてくれた。そんな、遠い、細かなことを、無表情に近い、窄んだ顔は憶えてゐてくれるのだらうか。正三はこの老人が今日のやうな時代をどう思つてゐるか、尋ねてみたい気持になることもあつた。だが、老人はいつも事務室の片隅で、何か人を寄せつけない頑なものを持つてゐた。

……あるとき、経理部から、暗幕につける環を求めて来たことがある。上田が早速、倉庫から環の箱を取出し、事務室の卓に並べると、「そいつは一箱いくつ這入つてゐますか」と経理部の兵は訊ねた。「千箇でさあ」と上田は無造作に答へた。隅の方で、じろじろ眺めてゐた老人はこのとき急に言葉をさし挿んだ。

「千箇? そんな筈はない」

上田は不思議さうに老人を眺め、

「千箇でさあ、これまでいつもさうでしたよ」

「いいや、どうしても違ふ」

老人は立上つて秤を持つて来た。それから、百箇の環の目方を測ると、次に箱全体の環を秤にかけた。全体を百で割ると、七百箇であつた。

森製作所では片山の送別会が行はれた。すると、正三の知らぬ人々が事務室に現はれ、いろんなものをどこかから整へてくるのであつた。順一の加はつてゐる、さまざまなグルウプ、それが互に物資の融通をし合つてゐることを正三は漸く気づくやうになつた。……その頃になると、高子と順一の長い間の葛藤は結局、曖昧になり、思ひがけぬ方角へ解決されてゆくのであつた。

疎開の意味で、高子には五日市町の方へ一軒、家を持たす、そして森家の台所は恰度、息子を学童疎開に出して一人きりになつてゐる康子に委ねる、――さういふことが決定すると、高子も晴れがましく家に戻つて来て、移転の荷拵へをした。だが、高子にもまして、この荷造に熱中したのは順一であつた。彼はいろんな品物に丁寧に綱をかけ、覆ひや枠を拵へた。そんな作業の合間には、事務室に戻り、チエック・プロテクターを使つたり、来客を応対した。夜は妹を相手にひとりで晩酌をした。酒はどこかから這入つて来たし、順一の機嫌はよかつた……

と、ある朝、B29がこの街の上空を掠めて行つた。森製作所の縫工場にゐた学徒たちは、一斉に窓からのぞき、屋根の方へ匐ひ出し、空に残る飛行機雲をみとれた。「綺麗だわね」「おう速いこと」と、少女たちはてんでに嘆声を放つ。B29も、飛行機雲も、この街に姿を現はしたのはこれがはじめてであつた。――昨年来、東京で見なれてゐた正三には久振りに見る飛行機雲であつた。

その翌日、馬車が来て、高子の荷は五日市町の方へ運ばれて行つた。「嫁入りのやりなほしですよ」と、高子は笑ひながら、近所の人々に挨拶して出発した。だが、四五日すると、高子は改めて近所との送別会に戻つて来た。電気休業で、朝から台所には餅臼が用意されて、順一や康子は餅搗の支度をした。そのうちに隣組の女達がぞろぞろと台所にやつて来た。……今では正三も妹の口から、この近隣の人々のことも、うんざりするほどきかされてゐた。誰と誰が結托してゐて、何処と何処が対立し、いかに統制をくぐり抜けてみんなそれぞれ遣繰をしてゐるか。台所に姿を現した女たちは、みんな一筋縄ではゆかぬ相貌であつたが、正三などの及びもつかぬ生活力と、虚偽を無邪気に振舞ふ本能をさづかつてゐるらしかつた。……「今のうちに飲んでおきませうや」と、そのころ順一のところにはいろんな仲間が宴会の相談を持ちかけ、森家の台所は賑はつた。そんなとき近所のおかみさん達もやつて来て加勢するのであつた。

正三は夢の中で、嵐が揉みくちやにされて墜ちてゐるのを感じた。つづいて、窓ガラスがドシン、ドシンと響いた。そのうちに、「煙が、煙が……」と何処かすぐ近くで叫んでゐるのを耳にした。ふらふらする足どりで、二階の窓際へ寄ると、遥か西の方の空に黒煙が朦々と立騰つてゐた。服装をととのへ階下に行つた時には、しかし、もう飛行機は過ぎてしまつた後であつた。……清二の心配さうな顔があつた。「朝寝なんかしてゐる際ぢやないぞ」と彼は正三を叱りつけた。その朝、警報が出たことも正三はまるで知らなかつたのだが、ラジオが一機、浜田（日本海側、島根県の港）へ赴いたと報じたかとおもふと、間もなくこれであつた。紙屋町筋に一筋パラパラと爆弾が撒かれて行つたのだ。四月末日のことであつた。

五月に入ると、近所の国民学校の講堂で毎晩、点呼の予習が行はれてゐた。それを正三は知らなかつたのであるが、漸くそれに気づいたのは、点呼前四日のことであつた。その日から、彼も早目に夕食を了へては、そこへ出掛けて行つた。その学校も今では既に兵舎に充てられてゐた。燈の薄暗い講堂の板の間には、相当年輩の一群と、ぐんと若い一組が入混つてゐた。血色のいい、若い教官はピンと身をそりかへらすやうな姿勢で、ピカピカの長靴の脛はゴムのやうに弾んでゐた。

「みんなが、かうして予習に来てゐるのを、君だけ気づかなかつたのか」

はじめ教官は穏かに正三に訊ね、正三はぼそぼそと弁解した。

「声が小さい！」

突然、教官は、吃驚するやうな声で呶鳴つた。

……そのうち、正三もここでは皆がみんな蛮声の出し合ひをしてゐることに気づいた。彼も首を振るひ、自棄くそに出来るかぎりの声を絞りださうとした。疲れて家に戻ると、怒号の調子が身裡に渦巻いた。……教官は若い一組を集めて、一人一人に点呼の練習をしてゐた。教官の問に対して、青年たちは元気よく答へ、練習は順調に進んでゐた。足が多少跛の青年がでてくると、教官は壇上から彼を見下ろした。

「職業は写真屋か」

「左様でございます」青年は腰の低い商人口調でひよこんと応へた。

「よせよ、ハイで結構だ。折角、今迄いい気分でゐたのに、そんな返事されてはげつそりしてしまふ」と教官は苦笑ひした。この告白で正三はハッと気づいた。陶酔だ、と彼はおもつた。

「馬鹿馬鹿しいきはみだ。日本の軍隊はただ形式に陶酔してゐるだけだ」家に帰ると正三は妹の前でぺらぺらと喋つた。

今にも雨になりさうな薄暗い朝であつた。正三はその国民学校の運動場の列の中にゐた。五時からやつて来たのであるが、訓示や整列の繰返しばかりで、なかなか出発にはならなかつた。その朝、態度がけしからんと云つて、一青年の頰桁を張り飛ばした教官は、何かまだ弾む気持を持てあましてゐるやうであつた。そこへ恰度、ひどく垢じみた中年男がやつて来ると、もそもそと何か訴へはじめた。

「何だと！」と教官の声だけが満場にききとれた。

「一度も予習に出なかつたくせにして、今朝だけ出るつもりか」

教官はじろじろ彼を眺めてゐたが、

「裸になれ！」と大喝した。さう云はれて、相手はおづおづと釦を外しだした。が、教官はいよいよ猛つて来た。

「裸になるとは、かうするのだ」と、相手をぐんぐん運動場の正面に引張つて来ると、くるりと後向きにさせて、パッと相手の襯衣を剝ぎとつた。

すると青緑色の靄が立罩めた薄暗い光線の中に、瘡蓋だらけの醜い背中が露出された。

「これが絶対安静を要した軀なのか」と、教官は次の動作に移るため一寸間を置いた。

「不心得者！」この声と同時にピシリと鉄拳が閃いた。と、その時、校庭にあるサイレンが警戒警報の唸りを放ちだした。その、もの哀しげな太い響は、この光景にさらに凄惨な趣を加へるやうであつた。やがてサイレンが歇むと、教官は自分の演じた効果に大分満足したらしく、

「今から、この男を憲兵隊へ起訴してやる」と一同に宣言し、それから、はじめて出発を命じるのであつた。……一同が西練兵場へ差しかかると、雨がぽちぽち落ちだした。荒々しい歩調の音が堀に添つて進んだ。その堀の向が西部二部隊であつたが、仄暗い緑の堤にいま躑躅の花が血のやうに咲乱れてゐるのが、ふと正三の眼に留まつた。


　康子の荷物は息子の学童疎開地へ少し送つたのと、知り合ひの田舎へ一箱預けたほかは、まだ大部分順一の家の土蔵にあつた。身のまはりの品と仕事道具は、ミシンを据ゑた六畳の間に置かれたが、部屋一杯、仕かかりの仕事を展げて、その中でのぼせ気味に働くのが好きな彼女は、そこが乱雑になることは一向気にならなかつた。雨がちの天気で、早くから日が暮れると鼠がごそごそ這ひのぼつて、ボール函の蔭へ陰れたりした。綺麗好きの順一は時々、妹を叱りつけるのだが、康子はその時だけちよつと片附けてみるものの、部屋はすぐ前以上に乱れた。仕事やら、台所やら、掃除やら、こんな広い家を兄の気に入るとほりには出来ない、と、よく康子は清二に零すのであつた。……五日市町へ家を借りて以来、順一はつぎつぎに疎開の品を思ひつき、殆ど毎日、荷造に余念ないのだつたが、荷を散乱した後は家のうちをきちんと片附けておく習慣だつた。順一の持逃げ用の

リユックサックは食糧品が詰められて、縁側の天井から吊されてゐる綱に括りつけてあつた。つまり、鼠の侵害を防ぐためであつた。……西崎に縄を掛けさせた荷を二人で製作所の片隅へ持運ぶと、順一は事務室で老眼鏡をかけ二三の書類を読み、それから不意と風呂場へ姿を現はし、ゴシゴシと流し場の掃除に取掛る。

……この頃、順一は身も心も独楽のやうによく廻転した。高子を疎開させたものの、町会では防空要員の疎開を拒み、移動証明を出さなかつた。随つて、順一は食糧も、高子のところへ運ばねばならなかつた。五日市町までの定期乗車券も手に入れたし、米はこと欠かないだけ、絶えず流れ込んで来る。……風呂掃除が済む頃、順一にはもう明日の荷造のプランが出来てゐる。そこで、手足を拭ひ、下駄をつつかけ、土蔵を覗いてみるのであつたが、入口のすぐ側に乱雑に積み重ねてある康子の荷物——何か取出して、そのまま蓋の開いてゐる箱や、蓋から喰みだしてゐる衣類……が、いつものことながら目につく。暫く順一はそれを冷然と見詰めてゐたが、ふと、ここへはもつと水桶を備へつけておいた方がいいな、と、ひとり領くのであつた。

卅も半ばすぎの康子は、もう女学生の頃の明るい頭には還れなかつたし、澄んだ魂といふものは何時のまにか見喪はれてゐた。が、そのかはり何か今では不逞不逞しいものが身に備はつてゐた。病弱な夫と死別し、幼児を抱へて、順一の近所へ移り棲むやうになつた頃から、世間は複雑になつたし、その間、一年あまり洋裁修業の旅にも出たりしたが、生活難の底で、姑や隣組や嫂や兄たちに小衝かれてゆくうちに、多少ものの裏表もわかつて来た。この頃、何よりも彼女にとつて興味があるのは、他人のことで、人の気持をあれこれ臆測したり批評したりすることが、殆ど病みつきになつてゐた。それから、彼女は彼女流に、人を掌中にまるめる、といふより人と面白く交際つて、ささやかな愛情のやりとりをすることに、気を紛らすのであつた。半年前から知り合ひになつた近所の新婚の無邪気な夫妻もたまらなく好意が持てたので、順一が五日市の方へ出掛けて行つて留守の夜など、康子はこの二人を招待して、どら焼を拵へた。燈火管制の下で、明日をも知れない脅威のなかで、これは飯事遊のやうに娯しい一ときであつた。

……本家の台所を預かるやうになつてからは、甥の中学生も「姉さん、姉さん」とよく懐いた。二人のうち小さい方は母親にくつついて五日市町へ行つたが、煙草の味も覚えはじめた、上の方の中学生は盛場の夜の魅力に惹かれてか、やはり、ここに踏みとどまつてゐた。夕方、三菱工場から戻つて来ると、早速彼は台所をのぞく。すると、戸棚には蒸パンやドウナツが、彼の気に入るやうにいつも目さきを変へて、拵へてあつた。腹一杯、夕食を食べると、のそりと暗い往来へ出掛けて行き、それから戻つて来ると一風呂浴びて汗をながす。暢気さうに湯のなかで大声で歌つてゐる節まはしは、すつかり職工気どりであつた。まだ、顔は子供つぽかつたが、軀は壮丁なみに発達してゐた。康子は甥の歌声をきくと、いつもくすくす笑ふのだつた。……餡を入れた饅頭を拵へ、晩酌の後出すと、順一はひどく賞めてくれる。青いワイシヤツを着て若返つたつもりの順一は、「肥つたではないか、ホホウ、日々に肥つてゆくぞ」と機嫌よく冗談を云ふことがあつた。実際、康子は下腹の方が出張つて、顔はいつのまにか廿代の艶を湛へてゐた。だが、週に一度位は五日市町の方から嫂が戻つて来た。派手なモンペを着た高子は香料のにほひを撒きちらしながら、それとなく康子の遣口を監視に来るやうであつた。さういふとき警報が出ると、すぐこの高子は顔を顰めるのであつたが、解除になると、「さあ、また警報が出るとうるさいから帰りませう」とそそくさと立去るのだつた。

……康子が夕餉の支度にとりかかる頃には大概、次兄の清二がやつて来る。疎開学童から来たといつて、嬉しさうにハガキを見せることもあつた。が、時々、清二は「ふらふらだ」とか「目眩がする」と訴へるやうになつた。顔に生気がなく、焦燥の色が目だつた。康子が握飯を差出すと、彼は黙つてうまさうにパクついた。それから、この家の忙しい疎開振りを眺めて、「ついでに石燈籠も植木もみんな持つて行くといい」など嗤ふのであつた。

前から康子は土蔵の中に放りぱなしになつてゐる簞笥や鏡台が気に懸つてゐた。「この鏡台は枠つくらすといい」と順一も云つてくれた程だし、一こと彼が西崎に命じてくれれば直ぐ解決するのだつたが、己の疎開にかまけてゐる順一は、もうそんなことは忘れたやうな顔つきだつた。直接、西崎に頼むのはどうも気がひけた。高子の命令なら無条件に従ふ西崎も康子のことになると、とかく渋るやうにおもへた。……その朝、康子は事務室から釘抜を持つて土蔵の方へやつて来た順一の姿を注意してみると、その顔は穏かに凪いでゐたので、頼むならこの時とおもつて、早速、鏡台のことを持ちかけた。

「鏡台?」と順一は無感動に呟いた。

「ええ、あれだけでも速く疎開させておきたいの」と康子はとり縋るやうに兄の眸を視つめた。と、兄の視線はちらと脇へ外らされた。

「あんな、がらくた、どうなるのだ」さういふと順一はくるりとそつぽを向いて行つてしまつた。はじめ、康子はすとんと空虚のなかに投げ出されたやうな気持であつた。それから、つぎつぎに憤りが揺れ、もう凝としてゐられなかつた。がらくたといつても、度重なる移動のためにあんな風になつたので、彼女が結婚する時まだ生きてゐた母親がみたててくれた紀念の品であつた。自分のものになると箒一本にまで愛着する順一が、この切ない、ひとの気持は分つてくれないのだらうか。……彼女はまたあの晩の怕い順一の顔つきを想ひ浮かべてゐた。

それは高子が五日市町に疎開する手筈のできかかつた頃のことであつた。妻のかはりに妹をこの家に移し一切を切廻さすことにすると、順一は主張するのであつたが、康子はなかなか承諾しなかつた。一つには身勝手な嫂に対するあてこすりもあつたが、加計町の方へ疎開した子供のことも気になり、一そのこと保姆になつて其処へ行つてしまはうかとも思ひ惑つた。嫂と順一とは康子をめぐつて宥めたり賺せたりしようとするのであつたが、もう夜も更けかかつてゐた。

「どうしても承諾してくれないのか」と順一は屹となつてたづねた。

「ええ、やつぱし広島は危険だし、一そのこと加計町の方へ……」と、康子は同じことを繰返した。突然、順一は長火鉢の側にあつたネーブルの皮を摑むと、向の壁へピシヤリと擲げつけた。狂暴な空気がさつと漲つた。

「まあ、まあ、もう一ぺん明日までよく考へてみて下さい」と嫂はとりなすやうに言葉を挿んだが、結局、康子はその夜のうちに承諾してしまつたのであつた。……暫く康子は眼もとがくらくらするやうな状態で家のうちをあてもなく歩き廻つてゐたが、何時の間にか階段を昇ると二階の正三の部屋に来てゐた。そこには、朝つぱらからひとり引籠つて靴下の修繕をしてゐる正三の姿があつた。順一のことを一気に喋り了ると、はじめて泪があふれ流れた。そして、いくらか気持が落着くやうであつた。正三は憂はしげにただ黙々としてゐた。

点呼が了つてからの正三は、自分でもどうにもならぬ虚無感に陥りがちであつた。その頃、用事もあまりなかつたし、事務室へも滅多に姿を現さなくなつてゐた。たまに出て来れば、新聞を読むためであつた。ドイツは既に無条件降伏をしてゐたが、今この国では本土決戦が叫ばれ、築城などといふ言葉が見えはじめてゐた。正三は社説の裏に何か真相のにほひを嗅ぎとらうとした。しかし、どうかすると、二日も三日も新聞が読めないことがあつた。これまで順一の卓上に置かれてゐた筈のものが、どういふものか何処かに匿されてゐた。

絶えず何かに追ひつめられてゆくやうな気持でゐながら、だらけてゆくものをどうにも出来ず、正三は自らを持てあますやうに、ぶらぶらと広い家のうちを歩き廻ることが多かつた。……昼時になると、女生徒が台所の方へお茶を取りに来る。すると、黒板の塀一重を隔てて、工場の露路の方でいま作業から解放された学徒たちの賑やかな声がきこえる。正三がこちらの食堂の縁側に腰を下ろし、すぐ足もとの小さな池に憂鬱な目ざしを落してゐると、工場の方では学徒たちの体操が始まり、一、二、一、二と級長の晴れやかな号令がきこえる。そのやさしい弾みをもつた少女の声だけが、奇妙に正三の心を慰めてくれるやうであつた。……三時頃になると、彼はふと思ひついたやうに、二階の自分の部屋に帰り、靴下の修繕をした。すると、庭を隔てて、向の事務室の二階では、せつせつと立働いてゐる女工たちの姿が見え、モーターミシンの廻転する音響もここまできこえて来る。正三は針のめどに指さきを惑はしながら、「これを穿いて逃げる時」とそんな念想が閃めくのであつた。

……それから日没の街を憮然と歩いてゐる彼の姿がよく見かけられた。街はつぎつぎに建ものが取払はれてゆくので、思ひがけぬところに広場がのぞき、粗末な土の壕が蹲つてゐた。滅多に電車も通らないだだ広い路を曲ると、川に添つた堤に出て、崩された土塀のほとりに、無花果の葉が重苦しく茂つてゐる。薄暗くなつたまま容易に夜に溶け込まない空間は、どろんとした湿気が溢れて、正三はまるで見知らぬ土地を歩いてゐるやうな気持がするのであつた。……だが、彼の足はその堤を通りすぎると、京橋の袂へ出、それから更に川に添つた堤を歩いてゆく。清二の家の門口まで来かかると、路傍で遊んでゐた姪がまづ声をかけ、つづいて一年生の甥がすばやく飛びついてくる。甥はぐいぐい彼の手を引張り、固い小さな爪で、正三の手首を抓るのであつた。

その頃、正三は持逃げ用の雑嚢を欲しいとおもひだした。警報の度毎に彼は風呂敷包を持歩いてゐたが、兄たちは立派なリユツクを持つてゐたし、康子は肩からさげるカバンを拵へてゐた。布地さへあればいつでも縫つてあげると康子は請合つた。そこで、正三は順一に話を持かけると、「カバンにする布地?」と順一は呟いて、そんなものがあるのか無いのか曖昧な顔つきであつた。そのうちには出してくれるのかと待つてゐたが一向はつきりしないので、正三はまた順一に催促してみた。すると、順一は意地悪さうに笑ひながら、「そんなものは要らないよ。担いで逃げたいのだつたら、そこに吊してあるリユツクのうち、どれでもいいから持つて逃げてくれ」と云ふのであつた。そのカバンは重要書類とほんの身につける品だけを容れるためなのだと、正三がいくら説明しても、順一はとりあつてくれなかつた。……「ふーん」と正三は大きな溜息をついた。彼には順一の心理がどうも把めないのであつた。「拗ねてやるといいのよ。わたしなんか泣いたりして困らしてやる」と、康子は順一の操縦法を説明してくれた。鏡台の件にしても、その後けろりとして順一は疎開させてくれたのであつた。だが、正三にはじわじわした駈引はできなかつた。……彼は清二の家へ行つてカバンのことを話した。すると清二は恰度いい布地を取出し、「これ位あつたら作れるだらう。

米一斗といふところだが、何かよこすか」といふのであつた。布地を手に入れると正三は康子にカバンの製作を頼んだ。すると、妹は、「逃げることばかり考へてどうするの」と、これもまた意地のわるいことを云ふのであつた。

四月三十日に爆撃があつたきり、その後ここの街はまだ空襲を受けなかつた。随つて街の疎開にも緩急があり、人心も緊張と弛緩が絶えず交替してゐた。警報は殆ど連夜出たが、それは機雷投下ときまつてゐたので、森製作所でも監視当番制を廃止してしまつた。だが、本土決戦の気配は次第にもう濃厚になつてゐた。

「畑元帥が広島に来てゐるぞ」と、ある日、清二は事務室で正三に云つた。「東練兵場に築城本部がある。広島が最後の牙城になるらしいぞ」さういふことを語る清二は――多少の懐疑も持ちながら――正三にくらべると、決戦の心組に気負つてゐる風にもみえた。……「畑元帥がのう」と、上田も間のびした口調で云つた。「ありやあ、二葉の里で、毎日二つづつ大きな饅頭を食べてんださうな」……夕刻、事務室のラジオは京浜地区にB29五百機来襲を報じてゐた。顰面して聴いてゐた三津井老人は、

「へーえ、五百機!……」

と思はず驚嘆の声をあげた。すると、皆はくすくす笑ひ出すのであつた。

……ある日、東警察署の二階では、市内の工場主を集めて何か訓示が行はれてゐた。代理で出掛けて来た正三は、かういふ席にははじめてであつたが、興もなさげにひとり勝手なことを考へてゐた。が、そのうちにふと気がつくと、弁士が入替つて、いま体軀堂々たる巡査が喋りださうとするところであつた。正三はその風采にちよつと興味を感じはじめた。体格といひ、顔つきといひ、いかにも典型的な警察官といふところがあつた。

「ええ、これから防空演習の件について、いささか申し上げます」と、その声はまた明朗闊達であつた。……おやおや、全国の都市がいま弾雨の下に晒されてゐる時、ここでは演習をやるといふのかしら、と正三は怪しみながら耳を傾けた。

「え、御承知の通り現在、我が広島市へは東京をはじめ、名古屋、或は大阪、神戸方面から、つまり各方面の罹災者が続々と相次いで流込んでをります。それらの罹災者が我が市民諸君に語るところは何であるかと申しますと、『いやはや、空襲は怕かつた怕かつた。何でもかんでも速く逃げ出すに限る』と、ほざくのであります。しかし、畢竟するに彼等は防空上の惨敗者であり、憐れむべき愚民であります。自ら恃むところ厚き我々は決して彼等の言に耳傾けてはならないのであります。なるほど戦局は苛烈であり、空襲は激化の一路にあります。だが、いかなる危険といへども、それに対する確乎たる防備さへあれば、いささかも怖るには足りないのであります」

さう云ひながら、彼はくるりと黒板の方へ対いて、今度は図示に依つて、実際的の説明に入つた。……その聊かも不安もなさげな、彼の話をきいてゐると、実際、空襲は簡単明瞭な事柄であり、同時に人の命もまた単純明確な物理的作用の下にあるだけのことのやうにおもへた。珍しい男だな、と正三は考へた。だが、このやうな好漢ロボットなら、いま日本にはいくらでもゐるにちがひない。

順一は手ぶらで五日市町の方へ出向くことはなく、いつもリユツクにこまごました疎開の品を詰込み、夕食後ひとりいそいそと出掛けて行くのであつたが、ある時、正三に「万一の場合知つてゐてくれぬと困るから、これから一緒に行かう」と誘つた。小さな荷物持たされて、正三は順一と一緒に電車の停留場へ赴いた。己斐行はなかなかやつて来ず、正三は広々とした道路のはてに目をやつてゐた。が、そのうちに、建物の向にはつきりと呉娑娑宇山がうづくまつてゐる姿がうつつた。

それは今、夏の夕暮の水蒸気を含んで鮮かに生動してゐた。その山に連らなるほかの山々もいつもは仮睡の淡い姿しか示さないのに、今日はおそろしく精気に満ちてゐた。底知れない姿の中を雲がゆるゆると流れた。すると、今にも山々は揺れ動き、叫びあはうとするやうであつた。ふしぎな光景であつた。ふと、この街をめぐる、或る大きなものの構図が、このとき正三の眼に描かれて来だした。……清冽な河川をいくつか乗越え、電車が市外に出てからも、正三の眼は窓の外の風景に喰入つてゐた。その沿線はむかし海水浴客で賑はつたので、今も窓から吹込む風がふとなつかしい記憶のにほひを齎らしたりした。が、さきほどから正三をおどろかしてゐる中国山脈の表情はなほも衰へなかつた。暮れかかつた空に山々はいよいよあざやかな緑を投出し、瀬戸内海の島影もくつきりと浮上つた。波が、青い穏かな波が、無限の嵐にあふられて、今にも狂ひまはりさうに想へた。

正三の眼には、いつも見馴れてゐる日本地図が浮んだ。広袤はてしない太平洋のはてに、はじめ日本列島は小さな点々として映る。マリアナ基地を飛立つたＢ29の編隊が、雲の裏を縫つて星のやうに流れてゆく。日本列島がぐんとこちらに引寄せられる。八丈島の上で二つに岐れた編隊の一つは、まつすぐ富士山の方に向かひ、他は、熊野灘に添つて紀伊水道の方へ進む。が、その編隊から、いま一機がふわりと離れると、室戸岬を越えて、ぐんぐん土佐湾に向つてゆく。……青い平原の上に泡立ち群がる山脈が見えてくるが、その峰を飛越えると、鏡のやうに静まつた瀬戸内海だ。一機はその鏡面に散布する島々を点検しながら、悠然と広島湾上を舞つてゐる。強すぎる真昼の光線で、中国山脈も湾口に臨む一塊の都市も薄紫の朧である。……が、そのうちに、宇品港の輪郭がはつきりと見え、そこから広島市の全貌が一目に瞰下される。山峡にそつて流れてゐる太田川が、この街の入口のところで分岐すると、分岐の数は更に増え、街は三角洲の上に拡がつてゐる。街はすぐ背後に低い山々をめぐらし、練兵場の四角形が二つ、大きく白く光つてゐる。だが、近頃その川に区切られた街には、いたるところに、疎開跡の白い空地が出来上つてゐる。これは焼夷弾攻撃に対して鉄壁の陣を敷いたといふのであらうか。……望遠鏡のおもてに、ふと橋梁が現れる。豆粒ほどの人間の群が今も忙しげに動きまはつてゐる。たしか兵隊にちがひない。兵隊、――それが近頃この街のいたるところを占有してゐるらしい。練兵場に蟻の如くうごめく影はもとより、ちよつとした建物のほとりにも、それらしい影が点在する。……サイレンは鳴つたのだらうか。荷車がいくつも街中を動いてゐる。街はづれの青田には玩具の汽車がのろのろ走つてゐる。……静かな街よ、さやうなら。B29一機はくるりと舵を換へ悠然と飛去るのであつた。

琉球列島の戦が終つた頃、隣県の岡山市に大空襲があり、つづいて、六月三十日の深更から七月一日の未明まで、呉市が延焼した。その夜、広島上空を横切る編隊爆音はつぎつぎに市民の耳を脅やかしてゐたが、清二も防空頭巾に眼ばかり光らせながら、森製作所へやつて来た。工場にも事務室にも人影はなく、家の玄関のところに、康子と正三と甥の中学生の三人が蹲つてゐるのだつた。たつたこれだけで、こんな広い場所を防ぐといふのだらうか、――清二はすぐにそんなことを考へるのであつた。と、表の方で半鐘が鳴り「待避」と叫ぶ声がきこえた。四人はあたふたと庭の壕へ身を潜めた。密雲の空は容易に明けようともせず、爆音はつぎつぎにききとれた。もののかたちがはつきり見えはじめたころ漸く空襲解除となつた。……その平静に返つた街を、ひどく興奮しながら、順一は大急で歩いてゐた。彼は五日市町で一睡もしなかつたし、海を隔てて向にあかあかと燃える火焔を夜どほし眺めたのだつた。うかうかしてはゐられない。火はもう踵に燃えついて来たのだ、――さう呟きながら、一刻も早く自宅に駈けつけようとした。電車はその朝も容易にやつて来ず、乗客はみんな茫とした顔つきであつた。順一が事務室に現れたのは、朝の陽も大分高くなつてゐた頃であつたが、ここにも茫とした顔つきの睡むさうな人々ばかりと出逢つた。

「うかうかしてゐる時ではない。早速、工場は疎開させる」

順一は清二の顔を見ると、すぐにさう宣告した。ミシンの取りはづし、荷馬車の下附を県庁へ申請すること、家財の再整理、――順一にはまた急な用件が山積した。相談相手の清二は、しかし、末節に疑義を挿むばかりで、一向てきぱきしたところがなかつた。順一はピシピシと鞭を振ひたいおもひに燃立つのだつた。

その翌々日、こんどは広島の大空襲だといふ噂がパッと拡がつた。上田が夕刻、糧秣廠からの警告を順一に伝へると、順一は妹を急かして夕食を早目にすまし、正三と康子を顧みて云つた。

「儂はこれから出掛けて行くが、あとはよろしく頼む」

「空襲警報が出たら逃げるつもりだが……」正三が念を押すと順一は頷いた。

「駄目らしかつたらミシンを井戸へ投込んでおいてくれ」

「蔵の扉を塗りつぶしたら……今のうちにやつてしまはうかしら」

ふと、正三は壮烈な気持が湧いて来た。それから土蔵の前に近づいた。かねて赤土は粘つてあつたが、その土蔵の扉を塗り潰ぶすことは、父の代には遂に一度もなかつたことである。梯子を掛けると、正三はぺたぺたと白壁の扉の隙間に赤土をねぢ込んで行つた。それが終つた頃順一の姿はもうそこには見えなかつた。正三は気になるので、清二の家に立寄つてみた。「今夜が危いさうだが……」正三が云ふと、「ええ、それがその秘密なのだけど近所の児島さんもそんなことを夕方役所からきいて帰り……」と、何か一生懸命、袋にものを詰めながら光子はだらだらと弁じだした。

一とほり用意も出来て、階下の六畳、――その頃正三は階下で寝るやうになつてゐた、――の蚊帳にもぐり込んだ時であつた。ラジオが土佐沖海面警戒警報を告げた。正三は蚊帳の中で耳を澄ました。高知県、愛媛県が警戒警報になり、つづいてそれは空襲警報に移つてゐた。正三は蚊帳の外に匐ひ出すと、ゲートルを捲いた。それから雑嚢と水筒を肩に交錯させると、その上をバンドで締めた。玄関で靴を探し、最後に手袋を嵌めた時、サイレンが警戒警報を放つた。彼はとつとと表へ飛び出すと、清二の家の方へ急いだ。暗闇のなかを固い靴底に抵抗するアスファルトがあつた。正三はぴんと立つてうまく歩いてゐる己の脚を意識した。清二の家の門は開け放たれてゐた。玄関の戸をいくら叩いても何の手ごたへもない。既に逃げ去つた後らしかつた。正三はあたふたと堤の路を突きつて栄橋の方へ進んだ。橋の近くまで来た時、サイレンは空襲を唸りだすのであつた。

夢中で橋を渡ると、饒津公園裏の土手を廻り、いつの間にか彼は牛田方面へ向かふ堤まで来てゐた。この頃、漸く正三は彼のすぐ周囲をぞろぞろと犇いてゐる人の群に気づいてゐた。それは老若男女、あらゆる市民の必死のいでたちであつた。鍋釜を満載したリヤカーや、老母を載せた乳母車が、雑沓のなかを掻きわけて行く。軍用犬に自転車を牽かせながら、爽颯と鉄兜を被つてゐる男、杖にとり縋り跛をひいてゐる老人。トラックが来た。馬が通る。薄闇の狭い路上がいま祭日のやうに賑はつてゐるのだつた。……正三は樹蔭の水槽の傍にある材木の上に腰を下ろした。

「この辺なら大丈夫でせうか」と通りがかりの老婆が訊ねた。

「大丈夫でせう、川もすぐ前だし、近くに家もないし」さういつて彼は水筒の栓を捻つた。いま広島の街の空は茫と白んで、それはもういつ火の手があがるかもしれないやうにおもへた。街が全焼してしまつたら、明日から己はどうなるのだらう、さう思ひながらも、正三は目の前の避難民の行衛に興味を感じるのであつた。『ヘルマンとドロテア』のはじめに出て来る避難民の光景が浮んだ。だが、それに較べると何とこれは怕しく空白な情景なのだらう。……暫くすると、空襲警報が解除になり、つづいて警戒警報も解かれた。人々はぞろぞろと堤の路を引上げて行く。正三もその路をひとりひきかへして行つた。路は来た折よりも更に雑沓してゐた。何か喚きながら、担架が相次いでやつて来る。病人を運ぶ看護人たちであつた。

空から撒布されたビラは空襲の切迫を警告してゐたし、脅えた市民は、その頃、日没と同時にぞろぞろと避難行動を開始した。まだ何の警報もないのに、川の上流や、郊外の広場や、山の麓は、さうした人々で一杯になり、叢では、蚊帳や、夜具や、炊事道具さへ持出された。朝昼なしに混雑する宮島線の電車は、夕刻になると更に殺気立つ。だが、かうした自然の本能をも、すぐにその筋はきびしく取締りだした。ここでは防空要員の疎開を認めないことは、既に前から規定されてゐたが、今度は防空要員の不在をも監視しようとし、各戸に姓名年齢を記載させた紙を貼り出させた。夜は、橋の袂や辻々に銃剣つきの兵隊や警官が頑張つた。彼等は弱い市民を脅迫して、あくまでこの街を死守させようとするのであつたが、窮鼠の如く追ひつめられた人々は、巧みにまたその裏をくぐつた。夜間、正三が逃げて行く途上あたりを注意してみると、どうも不在らしい家の方が多いのであつた。

正三もまたあの七月三日の晩から八月五日の晩――それが最後の逃亡だつた――まで、夜間形勢が怪しげになると忽ち逃げ出すのであつた。……土佐沖海面、警戒警報が出るともう身支度に取掛る。高知県、愛媛県に空襲警報が発せられて、広島県、山口県が警戒警報になるのは十分とかからない。ゲートルは暗闇のなかでもすぐ捲けるが、手拭とか靴箆とかいふ細かなもので正三は鳥渡手間どることがある。が、警戒警報のサイレン迄にはきつと玄関さきで靴をはいてゐる。康子は康子で身支度をととのへ、やはりその頃、玄関さきに来てゐる。二人はあとさきになり、門口を出てゆくのであつた。……ある町角を曲り、十歩ばかり行くと正三はもう鳴りだすぞとおもふ。はたして、空襲警報のものものしいサイレンが八方の闇から喚きあふ。おお、何といふ、高低さまざまの、いやな唸り声だ。これは傷いた獣の慟哭とでもいふのであらうか。後の歴史家はこれを何と形容するだらうか。――そんな感想や、それから、……それにしても昔、この自分は街にやつて来る獅子の笛を遠方からきいただけでも真青になつて逃げて行つたが、あの頃の恐怖の純粋さと、この今の恐怖とでは、どうも今では恐怖までが何か鈍重な枠に嵌めこまれてゐる。――そんな念想が正三の頭に浮かぶのも数秒で、彼は息せききらせて、堤に出る石段を昇つてゐる。清二の家の門口に駈けつけると、一家揃つて支度を了へてゐることもあつたが、まだ何の身支度もしてゐないこともあつた。正三がここへ現れるのと前後して康子はきまつてそこへ駈けつけて来る。……「ここの紐結んで頂戴」と小さな姪が正三に頭巾を差出す。彼はその紐をかたく結んでやると、くるりと姪を背に背負ひ、皆より一足さきに門口を出て行く。栄橋を渡つてしまふと、とにかく吻として足どりも少し緩くなる。鉄道の踏切を越え、饒津の堤に出ると、正三は背負つてゐた姪を叢に下ろす。川の水は仄白く、杉の大木は黒い影を路に投げてゐる。この小さな姪はこの景色を記憶するであらうか。幼い日々が夜毎、夜毎の逃亡にはじまる「ある女の生涯」といふ小説が、ふと、汗まみれの正三の頭には浮かぶのであつた。……暫くすると、清二の一家がやつて来る。嫂は赤ん坊を背負ひ、女中は何か荷を抱へてゐる。康子は小さな甥の手をひいて、とつとと先頭にゐる。（彼女はひとりで逃げてゐると、警防団につかまりひどく叱られたことがあるので、それ以来この甥を貸りるやうになつた。）清二と中学生の甥は並んで後からやつて来る。それから、その辺の人家のラジオに耳を傾けながら、情勢次第によつては更に川上に溯つてゆくのだ。長い堤をづんづん行くと、人家も疏らになり、田の面や山麓が朧に見えて来る。すると、蛙の啼声が今あたり一めんにきこえて来る。ひつそりとした夜陰のなかを逃げのびてゆく人影はやはり絶えない。いつのまにか夜が明けて、おびただしいガスが帰路一めんに立罩めてゐることもあつた。

時には正三は単独で逃亡することもあつた。彼は一ケ月前から在郷軍人の訓練に時折、引ぱり出されてゐたが、はじめ頃廿人あまり集合してゐた同類も、次第に数を減じ、今では四五名にすぎなかつた。「いづれ八月には大召集がかかる」と分会長はいつた。はるか宇品の方の空では探照燈が揺れ動いてゐる夕闇の校庭に立たされて、予備少尉の話をきかされてゐる時、正三は気もそぞろであつた。訓練が了へて、家へ戻つたかとおもふと、サイレンが鳴りだすのだつた。だが、つづいて空襲警報が鳴りだす頃には、正三はぴちんと身支度を了へてゐる。あわただしい訓練のつづきのやうに、彼は闇の往来へ飛出すのだ。それから、かつかと鳴る靴音をききながら、彼は帰宅を急いでゐる者のやうな風を粧ふ。橋の関所を無事に通越すと、やがて饒津裏の堤へ来る。……ここではじめて、正三は立留まり、叢に腰を下ろすのであつた。すぐ川下の方には鉄橋があり、水の退いた川には白い砂洲が朧に浮上つてゐる。それは少年の頃からよく散歩して見憶えてゐる景色だが、正三には、頭上にかぶさる星空が、ふと野戦のありさまを想像さすのだつた。『戦争と平和』に出て来る、ある人物の眼に映じる美しい大自然のながめ、静まりかへつた心境、――さういつたものが、この己の死際にも、はたして訪れて来るだらうか。すると、ふと正三の蹲つてゐる叢のすぐ上の杉の梢の方で、何か微妙な啼声がした。おや、ほととぎすだな、さうおもひながら正三は何となく不思議な気持がした。この戦争が本土決戦に移り、もしも広島が最後の牙城となるとしたら、その時、己は決然と命を捨てて戦ふことができるであらうか。……だが、この街が最後の栖になるなぞ、なんといふ狂気以上の妄想だらう。仮りにこれを叙事詩にするとしたら、最も矮小で陰惨かぎりないものになるに相違ない。……だが、正三はやはり頭上に被さる見えないものの羽撃《はばたき》を、すぐ身近かにきくやうなおもひがするのであつた。

警報が解除になり、清二の家までみんな引返しても、正三はそこの玄関で暫くラジオをきいてゐることがあつた。どうかすると、また逃げださなければならぬので、甥も姪もまだ靴のままでゐる。だが、大人達がラジオに気をとられてゐるうち、さきほどまで声のしてゐた甥が、いつのまにか玄関の石の上に手足を投出し、大鼾で睡つてゐることがあつた。この起伏常なき生活に馴れてしまつたらしい子供は、まるで兵士のやうな鼾をかいてゐる。（この姿を正三は何気なく眺めたのであつたが、それがやがて、兵士のやうな死に方をするとはおもへなかつた。まだ一年生の甥は集団疎開へも参加出来ず、時たま国民学校へ通つてゐた。八月六日も恰度、学校へ行く日で、その朝、西練兵場の近くで、この子供はあへなき最後を遂げたのだつた。）

……暫く待つてゐても別状ないことがわかると、康子がさきに帰つて行き、つづいて正三も清二の門口を出て行く。だが、本家に戻つて来ると、二枚重ねて着てゐる服は汗でビッショリしてゐるし、シヤツも靴下も一刻も早く脱捨ててしまひたい。風呂場で水を浴び、台所の椅子に腰を下ろすと、はじめて正三は人心地にかへるやうであつた。――今夜の巻も終つた、だが、明晩《あす》は――。その明晩も、かならず土佐沖海面から始まる。すると、ゲートルだ、雑嚢だ、靴だ、すべての用意が闇のなかから飛ついて来るし、逃亡の路は正確に横はつてゐた。……（このことを後になつて回想すると、正三はその頃比較的健康でもあつたが、よくもあんなに敏捷に振舞へたものだと思へるのであつた。人は生涯に於いてかならず意外な時期を持つものであらうか。）

森製作所の工場疎開はのろのろと行はれてゐた。ミシンの取はづしは出来てゐても、馬車の割当が廻つて来るのが容易でなかつた。馬車がやつて来た朝は、みんな運搬に急がしく、順一はとくに活気づいた。ある時、座敷に敷かれてゐた畳がそつくり、この馬車で運ばれて行つた。畳の剝がれた座敷は、坐板だけで広々とし、ソフアが一脚ぽつんと置かれてゐた。かうなると、いよいよこの家も最後が近いやうな気がしたが、正三は縁側に佇んで、よく庭の隅の白い花を眺めた。それは梅雨頃から咲きはじめて、一つが朽ちかかる頃には一つが咲き、今も六瓣の、ひつそりした姿を湛へてゐるのだつた。次兄にその名称を訊くと、梔子《くちなし》だといつた。さういへば子供の頃から見なれた花だが、ひつそりとした姿が今はたまらなく懐しかつた。……

「コレマデナンド　クウシウケイホウニアツタカシレナイ　イマモ　カイガンノホウガ　アカアカトモエテヰル　ケイホウガデルタビニ　オレハゲンコウヲカカヘテ　ゴウニモグリコムコノゴロ　オレハ　コウトウスウガクノケンキユウヲシテヰルノダ　スウガクハウツクシイ　ニホンノゲイジユツカハ　コレガワカラヌカラダメサ」こんな風な手紙が東京の友人から久振りに正三の手許に届いた。岩手県の方にゐる友からはこの頃、便りがなかつた。釜石が艦砲射撃に遇ひ、あの辺ももう安全ではなささうであつた。

ある朝、正三が事務室にゐると、近所の会社に勤めてゐる大谷がやつて来た。彼は高子の身内の一人で、順一たちの紛争《ごたごた》の頃から、よくここへ立寄るので、正三にももう珍しい顔ではなかつた。細い脛に黒いゲートルを捲き、ひよろひよろの胴と細長い面は、何か危なかしい印象をあたへるのだが、それを支へようとする気魄も備はつてゐた。その大谷は順一のテーブルの前につかつかと近よると、

「どうです、広島は。昨夜もまさにやつて来るかと思ふと、宇部の方へ外れてしまつた。敵もよく知つてゐるよ、宇部には重要工場がありますからな。それに較べると、どうも広島なんか兵隊がゐるだけで、工業的見地から云はすと殆ど問題ではないからね。きつと大丈夫ここは助かると僕はこの頃思ひだしたよ」と、大そう上機嫌で弁じるのであつた。(この大谷は八月六日の朝、出勤の途上遂に行衛不明になつたのである。)

……だが、広島が助かるかもしれないと思ひだした人間は、この大谷ひとりではなかつた。一時はあれほど殷賑をきはめた夜の逃亡も、次第に人足が減じて来たのである。そこへもつて来て、小型機の来襲が数回あつたが、白昼、広島上空をよ

こぎるその大群は、何らこの街に投弾することがなかつたばかりか、たまたま西練兵場の高射砲は中型一機を射落したのであつた。「広島は防げるのでせうね」と電車のなかの一市民が将校に対つて話しかけると、将校は黙々と肯くのであつた。……「あ、面白かつた。あんな空中戦たら滅多に見られないのに」と康子は正三に云つた。正三は畳のない座敷で、ジイドの『一粒の麦もし死なずば』を読み耽けつてゐるのであつた。アフリカの灼熱のなかに展開される、青春と自我の、妖しげな図が、いつまでも彼の頭にこびりついてゐた。

清二はこの街全体が助かるとも考へなかつたが、川端に臨んだ自分の家は焼けないで欲しいといつも祈つてゐた。三次町に疎開した二人の子供が無事でこの家に戻つて来て、みんなでまた河遊びができる日を夢みるのであつた。だが、さういふ日が何時やつてくるのか、つきつめて考へれば茫としてわからないのだつた。

「小さい子供だけでも、どこかへ疎開させたら……」と康子は夜毎の逃亡以来、頻りに気を揉むやうになつてゐた。「早く何とかして下さい」と妻の光子もその頃になると疎開を口にするのであつたが、「おまへ行つてきめて来い」と、清二は頗る不機嫌であつた。女房、子供を疎開させて、この自分は――順一のやうに何もかもうまく行くではなし――この家でどうして暮してゆけるのか、まるで見当がつかなかつた。何処か田舎へ家を借りて家財だけでも運んでおきたい、そんな相談なら前から妻としてゐた。だが、田舎の何処にそんな家がみつかるのか、清二にはまるであてがなかつた。この頃になると、清二は長兄の行動をかれこれ、あてこすらないかはりに、じつと怨めしげに、ひとり考へこむのであつた。

順一もしかし清二の一家を見捨ててはおけなくなつた。結局、順一の肝煎で、田舎へ一軒、家を借りることが出来た。が、荷を運ぶ馬車はすぐには傭へなかつた。田舎へ家が見つかつたとなると、清二は吻として、荷造に忙殺されてゐた。すると、三次の方の集団疎開地の先生から、父兄の面会日を通知して来た。三次の方へ訪ねて行くとなれば、冬物一切を持つて行つてやりたいし、疎開の荷造やら、学童へ持つて行つてやる品の準備で、家のうちはまたごつたかへした。それに清二は妙な癖があつて、学童へ持つて行つてやる品々には、きちんと毛筆で名前を記入しておいてやらぬと気が済まないのだつた。

あれをかたづけたり、これをとりちらかしたりした揚句、夕方になると清二はふいと気をかへて、釣竿を持つて、すぐ前の川原に出た。この頃あまり釣れないのであるが、糸を垂れてゐると、一番気が落着くやうであつた。……ふと、トツトトツトといふ川のどよめきに清二はびつくりしたやうに眼をみひらいた。何か川をみつめながら、さきほどから夢をみてゐたやうな気持がする。それも昔読んだ旧約聖書の天変地異の光景をうつらうつらたどつてゐたやうである。すると、崖の上の家の方から、「お父さん、お父さん」と大声で光子の呼ぶ姿が見えた。清二が釣竿をかかへて石段を昇つて行くと、妻はだしぬけに、

「疎開よ」と云つた。

「それがどうした」と清二は何のことかわからないので問ひかへした。

「さつき大川がやつて来て、さう云つたのですよ、三日以内に立退かねばすぐにこの家とり壊されてしまひます」

「ふーん」と清二は呻いたが、「それで、おまへは承諾したのか」

「だからさう云つてゐるのぢやありませんか。何とかしなきや大変ですよ。この前、大川に逢つた時には、お宅はこの計画の区域に這入りませんと、ちやんと図面みせながら説明してくれた癖に、こ

んどは藪から棒に、二〇メートルごとの規定ですと来るのです」

「満洲ゴロに一杯喰はされたか」

「口惜しいではありませんか。何とかしなきや大変ですよ」と、光子は苛々しだす。

「おまへ行つてきめてこい」さう清二は嘯いたが、ぐづぐづしてゐる場合でもなかつた。「本家へ行かう」と、二人はそれから間もなく順一の家を訪れた。しかし、順一はその晩も既に五日市町の方へ出かけたあとであつた。市外電話で順一を呼出さうとすると、どうしたものか、その夜は一向、電話が通じない。光子は康子をとらへて、また大川のやり口をだらだらと罵りだす。それをきいてゐると、清二は三日後にとり壊される家の姿が胸につまり、今はもう絶体絶命の気持だつた。

「どうか神様三日以内にこの広島が大空襲をうけますやうに」

若い頃クリスチヤンであった清二は、ふと口をひらくとこんな祈をささげたのであつた。

その翌朝、清二の妻は事務室に順一を訪れて、疎開のことをだらだらと訴へ、建物疎開のことは市会議員の田崎が本家本元らしいのだから、田崎の方へ何とか頼んでもらひたいといふのであつた。

フン、フンと順一は聴いてゐたが、やがて、五日市へ電話をかけると、高子にすぐ帰つてこいと命じた。それから、清二を顧みて、「何て有様だ。お宅は建物疎開ですといはれて、ハイさうですか、と、なすがままにされてゐるのか。空襲で焼かれた分なら、保険がもらへるが、疎開でとりはらはれた家は、保険金だつてつかないぢやないか」と、苦情云ふのであつた。

そのうち暫くすると、高子がやつて来た。高子はことのなりゆきを一とほり聴いてから、「ぢやあ、ちよつと田崎さんのところへ行つて来ませう」と、気軽に出かけて行つた。一時間もたたぬうちに、高子は晴れ晴れした顔で戻つて来た。

「あの辺の建物疎開はあれで打切ることにさせると、田崎さんは約束してくれました」

かうして、清二の家の難題もすらすら解決した。と、その時、恰度、警戒警報が解除になつた。

「さあ、また警報が出るとうるさいから今のうちに帰りませう」と高子は急いで外に出て行くのであつた。

暫くすると、土蔵脇の鶏小屋で、二羽の雛がてんでに時を告げだした。その調子はまだ整つてゐないので、時に順一たちを興がらせるのであつたが、今は誰も鶏の啼声に耳を傾けてゐるものもなかつた。暑い陽光《ひざし》が、百日紅の上の、静かな空に漲つてゐた。……原子爆弾がこの街を訪れるまでには、まだ四十時間あまりあつた。

原爆小景

コレガ人間ナノデス

コレガ人間ナノデス
原子爆弾ニ依ル変化ヲゴラン下サイ
肉体ガ恐ロシク膨脹シ
男モ女モスベテ一ツノ型ニカヘル
オオ　ソノ真黒焦ゲノ滅茶苦茶ノ
爛レタ顔ノムクンダ唇カラ洩レテ来ル声ハ
「助ケテ下サイ」
ト　カ細イ　静カナ言葉
コレガ　コレガ人間ナノデス
人間ノ顔ナノデス

燃エガラ

夢ノナカデ
頭ヲナグリツケラレタノデハナク
メノマヘニオチテキタ
クラヤミノナカヲ
モガキ　モガキ
ミンナ　モガキナガラ
サケンデ　ソトヘイデユク
シュポッ　ト　音ガシテ
ザザザザ　ト　ヒックリカヘリ
ヒックリカヘッタ家ノチカク
ケムリガ紅クイロヅイテ

河岸ニニゲテキタ人間ノ
アタマノウヘニ　アメガフリ

火ハムカフ岸ニ燃エサカル
ナニカイツタリ
ナニカサケンダリ
ソノクセ　ヒツソリトシテ
川ノミヅハ満潮
カイモク　ワケノワカラヌ
顔ツキデ　男ト女ガ
フラフラト水ヲナガメテヰル

ムクレアガツタ貌ニ
胸ノハウマデ焦ケタダレタ娘ニ
赤ト黄ノオモヒキリ派手ナ
ボロキレヲスツポリカブセ
ヨチヨチアルカセテユクト
ソノ手首ハブランブラント揺レ
漫画ノ国ノ化ケモノノ
ウラメシヤアノ恰好ダガ
ハテシモナイ　ハテシモナイ

苦患ノミチガヒカリカガヤク

火ノナカデ　電柱ハ

火ノナカデ
電柱ハ一ツノ蕊ノヤウニ
蠟燭ノヤウニ
モエアガリ　トロケ
赤イ一ツノ蕊ノヤウニ
ムカフ岸ノ火ノナカデ
ケサカラ　ツギツギニ
ニンゲンノ目ノナカヲオドロキガ
サケンデユク　火ノナカデ
電柱ハ一ツノ蕊ノヤウニ

日ノ暮レチカク

日ノ暮レチカク
眼ノ細イ　ニンゲンノカホ
ズラリト河岸ニ　ウヅクマリ
細イ細イ　イキヲツキ
ソノスグ足モトノ水ニハ
コドモノ死ンダ頭ガノゾキ
カハリハテタ　スガタノ　細イ眼ニ
翳ツテユク　陽ノイロ
シヅカニ　オソロシク
トリツクスベモナク

真夏ノ夜ノ河原ノミヅガ

真夏ノ夜ノ
河原ノミヅガ
血ニ染メラレテ　ミチアフレ
声ノカギリヲ
チカラノアリツタケヲ
オ母サン　オカアサン
断末魔ノカミツク声
ソノ声ガ
コチラノ堤ヲノボラウトシテ
ムカフノ岸ニ　ニゲウセテユキ

ギラギラノ破片ヤ

ギラギラノ破片ヤ
灰白色ノ燃エガラガ
ヒロビロトシタ　パノラマノヤウニ
アカクヤケタダレタ　ニンゲンノ死体ノキメウナ
　リズム
スベテアッタコトカ　アリエタコトナノカ
パットト剝ギトッテシマッタ　アトノセカイ
テンプクシタ電車ノワキノ
馬ノ胴ナンカノ　フクラミカタハ
プスプストケムル電線ノニホヒ

焼ケタ樹木ハ

焼ケタ樹木ハ　マダ
マダ痙攣ノアトヲトドメ
空ヲ　ヒッカカウトシテヰル
アノ日　トツゼン
空ニ　マヒアガッタ
竜巻ノナカノ火箭
ミドリイロノ空ニ樹ハトビチッタ
ヨドホシ　街ハモエテヰタガ
河岸ノ樹モキラキラ
火ノ玉ヲカカゲテヰタ

水ヲ下サイ

水ヲ下サイ
アア　水ヲ下サイ
ノマシテ下サイ
死ンダハウガ　マシデ
死ンダハウガ
アア
タスケテ　タスケテ
水ヲ
水ヲ
ドウカ
ドナタカ
　オーオーオーオー
オーオーオーオー

天ガ裂ケ
街ガ無クナリ
川ガ
ナガレテヰル
　オーオーオーオー
オーオーオーオー

夜ガクル
夜ガクル
ヒカラビタ眼ニ
タダレタ唇ニ
ヒリヒリ灼ケテ
フラフラノ
コノ　メチヤクチヤノ
顔ノ
ニンゲンノウメキ
ニンゲンノ

永遠のみどり

ヒロシマのデルタに
若葉うづまけ

死と焔の記憶に
よき祈よ　こもれ

とはのみどりを
とはのみどりを

ヒロシマのデルタに
青葉したたれ

鎮魂歌

心願の国

鎮魂歌

　美しい言葉や念想が殆ど絶え間なく流れてゆく。深い空の雲のきれ目から湧いて出てこちらに飛込んでゆく。僕はもう何年間眠らなかつたのかしら。僕の眼は突張つて僕の唇は乾いてゐる。息をするのもひだるいやうな、このふらふらの空間は、こもたしかに宇宙のなかなのだらうか。かすかに僕のなかには宇宙に存在するものなら大概ありさうな気がしてくる。だから僕が何年間も眠らないでゐることも宇宙に存在するかすかな出来事のやうな気がする。僕は人間といふものをどのやうに考へてゐるのかそんなことをあんまり考へてゐるうちに僕はたうとう眠れなくなつたやうだ。僕の眼は突張つて僕の唇は乾いてゐる、息をするのもひだるいやうな、このふらふらの空間は……。

　僕は気をはつきりと持ちたい。僕は僕をはつきりとたしかめたい。僕の胃袋に一粒の米粒もなかつたとき、僕の胃袋は透きとほつて、青葉の坂路を歩くひよろひよろの僕が見えてゐた。あのとき僕はあれを人間だとおもつた。自分のために生きるな、死んだ人たちの嘆きのためにだけ生きよ、僕は自分に繰返し繰返し云ひきかせた。それは僕の息づかひや涙と同じやうになつてゐた。僕の眼の奥に涙が溜つたとき焼跡は優しくふるへて霧に覆はれた。僕は霧の彼方の空にお前を見たとおもつた。僕は歩いた。僕の足は僕を支へた。人間の足。驚くべきは人間の足なのだ。廃墟にむかつて、ぞろぞろと人間の足は歩いた。その足は人間を支へて、人間はたえず何かを持運んだ。少しづつ、少しづつ人間は人間の家を建てて行つた。

　人間の足。僕はあのとき傷ついた兵隊を肩に支へて歩いた。兵隊の足はもう一歩も歩けないから捨てて行つてくれと僕に訴へた。疲れはてた朝だつた。橋の上を生存者のリヤカーがいくつも威勢よく通つてゐた。世の中にまだ朝が存在してゐるのを僕は知つた。僕は兵隊をそこに残して歩いて行つた。僕の足。突然頭上に暗黒が滑り墜ちた瞬間、僕の足はよろめきながら、僕を支へてくれた。僕の足。僕の足。僕のこの足。恐しい日々だつた。滅茶苦茶の時だつた。僕の足は火の上を走り廻つた。水際を走りまはつた。悲しい路を歩きつづけた。ひだるい長い路を歩きつづけた。真暗な長いひだるい悲しい夜の路を歩きとほした。生きるために歩きつづけた。生きてゆくことができるのかしらと僕は星空にむかつて訊ねてみた。自分のために生きるな、死んだ人たちの嘆きのためにだけ生きよ。僕を生かしておいてくれるのはお前たちの嘆きだ。僕を歩かせてゆくのも死んだ人たちの嘆きだ。お前たちは星だつた。お前たちは花だつた。久しい久しい昔から僕が知つてゐるものだつた。僕は歩いた。僕の足は僕を支へた。僕の眼の奥に涙が溜るとき、僕は人間の眼がこちらを見るのを感じる。

人間の眼。あのとき、細い細い糸のやうに細い眼が僕を見た。まつ黒にまつ黒にふくれ上つた顔に眼は絹糸のやうに細かつた。河原にずらりと並んでゐる異形の重傷者の眼が、傷ついてゐない人間を不思議さうに振りむいて眺めた。不思議さうに、不思議さうに、何もかも不思議さうな、ふらふらの、揺れかへる、揺れかへつた後の、また揺れかへりの、おそろしいものに視入つてゐる眼だ。水のなかに浸つて死んでゐる子供の眼はガラス玉のやうにパツと水のなかで見ひらいてゐた。両手も両足もパツと水のなかに拡げて、大きな頭の大きな顔の悲しげな子供だつた。まるでそこへ捨てられた死の標本のやうに子供は河淵に横はつてゐた。それから死の標本はいたるところに現れて来た。

人間の死体。あれはほんたうに人間の死骸だつたのだらうか。むくむくと動きだしさうになる手足や、絶対者にむかつて投げ出された胴、痙攣して天を摑まうとする指……。光線に突刺された首や、喰ひしばつて白くのぞく歯や、盛りあがつて喰みだす内臓や……。一瞬に引裂かれ、一瞬にむかつて挑まうとする無数のリズム……。うつ伏せに溝に墜ちたものや、横むきにあふのけに、焼け爛れた奈落の底に、墜ちて来た奈落の深みに、それらは悲しげにみんな天を眺めてゐるのだつた。

人間の屍体。それは生存者の足もとにごろごろと現れて来た。それらは僕の足に絡みつくやうだつた。僕は歩くたびに、もはやからみつくものから離れられなかつた。僕は焼けのこつた東京の街の爽やかな鈴懸の朝の鋪道を歩いた。鈴懸は朝ごとに僕の眼をみどりに染め、僕の眼は涼しげなひとの眼にそそいだ。僕の眼は朝ごとに花の咲く野山のけはひをおもひ、僕の耳は朝ごとにうれしげな小鳥の声にゆれた。自分のために生きるな、死んだ人たちの嘆きのためにだけ生きよ。僕を生かして僕を感動させるものがあるなら、それはみなお前たちの嘆きのせゐだ。僕のなかで鳴りひびく鈴、僕は鈴の音にききとれてゐたのだが……。

だが、このふらふらの揺れかへる、揺れかへつた後の、また揺れかへりの、ふらふらの、今もふらふらと揺れかへる、この空間は僕にとつて何だつたのか。めらめらと燃えあがり、燃え畢つた後の、また燃えなほしの、めらめらの、今も僕を追つてくる、この執拗な焰は僕にとつて何だつたのか。僕は汽車から振落されさうになる。僕は電車のなかで押しつぶされさうになる。僕は部屋を持たない。部屋は僕を拒む。僕は押されて振落されて、さまよつてゐる。さまよつてゐる。さまよつてゐる。さまよつてゐるのが人間なのか。人間の観念と一緒に僕はさまよつてゐる。

人間の観念。それが僕を振落し僕を拒み僕を押つぶし僕をさまよはし僕に喰らひつく。僕が昔僕であつたとき、僕がこれから僕であらうとするとき、僕は僕にピシピシと叩かれる。僕のなかにある僕の装置。人間のなかにある不可知の装置。人間の核心。人間の観念。観念の人間。洪水のやうに汎濫する言葉と人間。群衆のやうに雑沓する言葉と人間。言葉。言葉。言葉。僕は僕のなかにあるESSAY ON MANの言葉をふりかへる。

死について　死は僕を生長させた
愛について　愛は僕を持続させた
孤独について　孤独は僕を僕にした
狂気について　狂気は僕を苦しめた
情欲について　情欲は僕を眩惑させた
バランスについて　僕の聖女はバランスだ
夢について　夢は僕の一切だ
神について　神は僕を沈黙させる
役人について　役人は僕を憂鬱にした
花について　花は僕の姉妹たち
涙について　涙は僕を呼びもどす
笑について　僕はみごとな笑がもちたい
戦争について　ああ戦争は人間を破滅させる

殆ど絶え間なしに妖しげな言葉や念想が流れてゆく。僕は流されて、押し流されてへとへとになつてゐるらしい。僕は何年間もう眠れないのかしら。僕の眼は突張つて、僕の空間は揺れてゐる。息をするのもひだるいやうな、このふらふらの空間に……。ふと、揺れてゐる空間に白堊の大きな殿堂が見えて来る。僕はふらふらと近づいてゆく。まるで天空のなかをくぐつてゐるやうに……。大きな白堊の殿堂が僕に近づく。僕は殿堂の門に近づく。天空のなかから浮き出てくるやうに、殿堂の門が僕に近づく。僕はオベリスクに刻られた文字を眺める。僕は驚く。僕は呟く。

原子爆弾記念館

僕はふらふら階段を昇つてゆく。僕は驚く。僕は呟く。僕は訝る。階段は一歩一歩僕を誘ひ、廊下はひつそりと僕を内側へ導く。ここは、これは、ここは、これは……僕はふと空漠としたものに戸惑つてゐる。コトコトと靴音がして案内人が現れる。彼は黙つて扉を押すと、僕を一室に導く。僕は黙つて彼の後についてゆく。ガラス張りの大きな函の前に彼は立留る。函の中には何も存在してゐない。僕は眼鏡と聴音器の連結された奇妙なマスクを頭から被せられる。彼は函の側にあるスヰツチを静かに捻る。……突然、原爆直前の広島市の全景が見えて来た。

……突然、すべてが実際の現象として僕に迫つて来た。これはもう函の中に存在する出来事ではなささうだつた。僕は青ざめる。飛行機はもう来てゐた。見えてゐる。雲のなかにかすかな爆音がする。僕は僕を探す。僕はゐた。僕はあの家のあそこに……。あのときと同じやうに僕はゐた。僕の眼は街の中の、屋根の下の、路の上の、あらゆる人々の、あの時の位置をことごとく走り廻る。僕は叫ぶ。（厭らしい装置だ。あらゆる空間的角度からあらゆる空間現象を透視し、あらゆる時間的速度であらゆる時間的進行を展開さす呪ふべき装置だ。恥づべき詭計だ。何のために、何のために、僕にあれをもう一度叩きつけようとするのだ！）

僕は叫ぶ。僕の眼に広島上空に閃く光が見える。光はゆるゆると夢のやうに悠然と伸び拡る。あツと思ふと光はさツと速度を増してゐる。が、再び瞬間が細分割されるやうに光はゆるゆるとためらひがちに進んでゆく。突然、光はさツと地上に飛びつく。地上の一切がさツと変形される。街は変形された。が、今、家屋の倒壊がゆるゆると再びある夢のやうな速度で進行を繰返してゐる。僕は僕を探す。僕はゐた。あそこに……。僕は僕に動顛する。僕は僕に叫ぶ。（虚妄だ。妄想だ。僕はここにゐる。僕はあちら側にゐない。僕はここにゐる。僕はあちら側にはゐない。）僕は苦しさにバタバタし、顔のマスクを捩ぎとらうとする。

　と、あのとき僕の頭上に墜ちて来た真暗な塊りのなかの藻掻きが僕の捩ぎとらうとするマスクと同じだ。僕はうめく。僕はよろよろと倒れさうになる。倒れまいとする。と、真暗な塊りのなかで、うめく僕と倒れまいとする僕と……。僕はマスクを捩ぎとらうとする。バタバタとあばれまはる。……スヰツチはとめられた。やがて案内人は僕の顔からマスクをはづしてくれる。僕は打ちのめされたやうにぐつたりしてゐる。案内人は僕をソファのところへ連れて行つてくれる。僕はソファの上にぐつたり横はる。

　〈ソファの上での思考と回想〉

　僕はここにゐる。僕はあちら側にはゐない。ここにゐる。ここにゐる。ここにゐる。ここにゐるのだ。ここにゐるのが僕だ。ああ、しかし、どうして、僕は僕にそれを叫ばねばならないのか。今、僕の横はつてゐるソファは少しづつ僕を慰め、僕にとつて、ふと安らかな思考のソファとなつてくる。……僕はここにゐる。僕は向側にはゐない。僕はここにゐる。ああ、しかし、どうしてまだ僕はそれを叫びたくなるのか。

　……ふと、僕はK病院のソファに横はつてガラス窓の向うに見える楓の若葉を見たときのことをおもいひだす。あのとき僕は病気だと云はれたら無一文の僕は自殺するよりほかに方法はなかつたのだが……。あのとき僕は窓ガラスの向側の美しく戦く若葉のなかに、僕はゐたのではなかつたかしら。その若葉のなかには死んだお前の目なざしや嘆きがまざまざと残つてゐるやうにおもへた。……僕はもつとはつきりおもひだす。ある日、お前が眺めてゐた庭の若竹の陽ざしのゆらぎや、僕が眺めてゐたお前のかほつきを……。僕は僕の向側にもゐる。僕は僕の向側にもゐる。お前は生きてゐた。アパートの狭い一室で僕はお前の側にぼんやり坐つてゐた。美しい五月の静かな昼だつた。鏡があつた。お前の側には鏡があつた。鏡に窓の外の若葉が少し映つてゐた。僕は鏡に映つてゐる窓の外のほんの少しばかし見える青葉に、ふと、制し難い郷愁が湧いた。「もつともつと青葉が一ぱい一ぱい見える世界に行つてみないか。今すぐ、今すぐに」お前は僕の突飛すぎる調子に微笑した。が、もうお前もすぐキラキラした迸るばかりのものに誘はれてゐた。軽い浮々したあふるるばかりのものが湧いた。一人の人間に一つの調子が湧くとき、すぐもう一人の人間にその調子がひびいてゆくこと、僕がふと考へてゐるのはこのことなのだらうか。

僕はもつとはつきり思ひ出せさうだ。僕は僕の向側にゐる。鏡があつた。あれは僕が僕といふものに気づきだした最初のことかもしれなかつた。僕は鏡のなかにゐた。僕の顔は鏡のなかにあつた。鏡のなかには僕の後の若葉があつた。ふと僕は鏡の奥の奥のその奥にある空間に迷ひ込んでゆくやうな疼きをおぼえた。あれは迷ひ子の郷愁なのだらうか。僕は地上の迷ひ子だつたのだらうか。さうだ、僕はもつとはつきり思ひ出せさうだ。

僕は僕の向側にゐた。子供の僕ははつきりと、それに気づいたのではなかつた。が、子供の僕は、しかしやはり振り墜されてゐる人間ではなかつたのだらうか。安らかな、穏やかな、殆ど何の脅迫の光線も届かぬ場所に安置されてゐる僕がふとどうにもならぬ不安に駆りたたれてゐた。そこから奈落はすぐ足もとにあつた。無限の墜落感が……。あんな子供のときから僕の核心にあつたもの、……僕がしきりと考へてゐるのはこのことだらうか。

僕はもつとはつきり思ひだせさうだ。

僕は僕の向側にゐる。樹木があつた。僕は樹木の側に立つて向側を眺めてゐた。向側にも樹木があつた。あれは僕が僕といふものの向側を眺めようとしだす最初の頃かもしれなかつた。少年の僕は向側にある樹木の向側に幻の人間を見た。今にも嵐になりさうな空の下を悲痛に叩きつけられた巨人が歩いてゐた。その人の額には人類のすべての不幸、人間のすべての悲惨が刻みつけられてゐたが、その人はなほ昂然と歩いてゐた。獅子の鬣《たてがみ》のやうに怒つた髪、鷲の眼のやうに鋭い目、その人は昂然と歩いてゐた。少年の僕は幻の人間を仰ぎ見ては訴へてゐた。僕は弱い、僕は弱い、僕は僕はこんなに弱いと。さうだ、僕はもつとはつきり思ひ出さなければならない。僕は弱い、僕は弱い、僕は弱いといふ声がするやうだ。今も僕のなかで、僕のなかで、その声が……。自分のために生きるな、死んだ人たちの嘆きのためにだけ生きよ。僕のなかでまたもう一つの声がきこえてくる。

僕はソフアを立上る。僕は歩きだす。案内人は何処へ行つたのかもう姿が見えない。僕はひとりで、陳列戸棚の前を茫然と歩いてゐる。僕はもうこの記念館のなかの陳列戸棚を好奇心で覗き見る気は起らない。僕の想像を絶したものが既に発明され此処に陳列してあるとしても、はたしてこれは僕の想像を絶したものであらうか。そのものが既に発明されて此処に陳列してあること、陳列されてあること、陳列してあるといふこと、そのことだけが僕の想像を絶したことなのだ。僕は憂鬱になる。僕は悲惨になる。自分で自分を処理できない狂気のやうに、それらは僕を苦しめる。僕はひとり暗然と歩き廻つて、自分の独白にきき入る。泉。泉。泉こそは……。

さうだ、泉こそはかすかに、かすかな救ひだつたのかもしれない。重傷者の来て呑む泉。つぎつぎに火傷者の来て呑む泉。僕はあの泉あるため、あの凄惨な時間のなかにも、かすかな救ひがあつたのではないか。泉。泉。泉こそは……。その救ひの幻想はやがて僕に飢餓が迫つて来たとき、天上の泉に投影された。僕はくらくらと目くるめきさうなとき、空の彼方にある、とはの泉が見えて来たやうだ。それから夜……宿なしの僕はかくれたところにあつて湧きやめない、とはの泉のありかをおもつた。泉。泉。泉こそは……。

僕はいつのまにか記念館の外に出て、ふらふら歩き廻つてゐる。群衆は僕の眼の前をぞろぞろと歩いてゐるのだ。群衆はあのときから絶えず地上に汎濫してゐるやうだ。僕は雑沓のなかをふらふら歩いて行く。僕はふらふら歩き廻つてゐる。僕にとつて、僕のまはりを通りこす人々はまるで纏りのない僕の念想のやうだ。僕の頭のなか、僕の習癖のなか、いつのまにか、纏りのない群衆が汎濫してゐる。僕はふと群衆のなかに伊作の顔を見つけて呼びとめようとする。だが伊作は群衆のなかに消え失せてしまふ。ふと、僕の眼にお絹の顔が見えてくる。僕が声をかけようとしてゐると彼女もまた群衆のなかに紛れ失せてゐる。僕は茫然とする。さうだ、僕はもつとはつきり思ひ出したい。あれは群衆なのだらうか。僕の念想なのだらうか。ふと声がする。

〈僕の頭の軟弱地帯〉　僕は書物を読む。書物の言葉は群衆のやうに僕のなかに汎濫してゆく。僕は小説を考へる。小説の人間は群衆のやうに僕のなかに汎濫してゆく。僕は人間と出逢ふ。実在の人間が小説のやうにしか僕のものと連結されない。無数の人間の思考・習癖・表情それらが群衆のやうにぞろぞろと歩き廻る。バラバラの地帯は崩れ墜ちさうだ。

〈僕の頭の湿地帯〉　僕は寝そびれて鶏の声に脅迫されてゐる。魂の疵を掻きむしり、掻きむしり、僕は僕に呻吟してゆく。この仮想は僕なのだらうか。この罪ははたして僕なのだらうか。僕は空転する。僕の核心は青ざめる。めそめそとしたものが、割りきれないものが、皮膚と神経に滲みだす。

空間は張り裂けさうになる。僕はたまらなくなる。どうしても僕はこの世には生存してゆけさうにない。逃げ出したいのだ。何処かへ、何処か山の奥に隠れて、ひとりで泣き暮したいのだ。ひとりで、死ぬる日まで、死ぬる日まで。

〈僕の頭の高原地帯〉　僕は突然、生存の歓喜にうち顫へる。生きること、生きてゐること、小鳥が毎朝、泉で水を浴びて甦るやうに、僕のなかの単純なもの、素朴なもの、それだけが、ただ、僕を爽やかにしてくれる。

〈僕の頭の……〉

〈僕の頭の……〉

〈僕の頭の……〉

僕には僕の歌声があるやうだ。だが、僕は伊作を探してゐるのだ。伊作も僕を探してゐるのだ。それから僕はお絹を探してゐるのだ。お絹も僕を探さうとする。僕は伊作を知つてゐる。僕はお絹を知つてゐる。しかし伊作もお絹も僕の幻想、僕の乱れがちのイメージ、僕の向側にあるもの、僕のこちら側にあるもの……。ふと声がしだした。伊作の声が僕にきこえた。

〈伊作の声〉

世界は割れてゐた。僕は探してゐた。何かをいつも探してゐたのだ。廃墟の上にはぞろぞろと人間が毎日歩き廻つた。人間はぞろぞろと歩き廻つて何かを探してゐたのだらうか。新しく截りとられた宇宙の傷口のやうに、廃墟はギラギラ光つてゐた。巨きな虚無の痙攣は停止したまま空間に残つてゐた。崩壊した物質の堆積の下や、割れたコンクリートの窪みには死の異臭が罩つてゐた。真昼は底ぬけに明るくて悲しかつた。白い大きな雲がキラキラと光つて漾つた。朝は静けさゆゑに恐しくて悲しかつた。その廃墟を遠くからとりまく山脈や島山がぼんやりと目ざめてゐた。夕方は迫つてくるもののために佗しく底冷えてゐた。夜は茫々として苦悩する夢魔の姿だつた。人肉を啖ひはじめた犬や、新しい狂人や、疵だらけの人間たちが夢魔に似て彷徨してゐた。すべてが新しい夢魔に似た現象なのだらうか。廃墟の上には毎日人間がぞろぞろと歩き廻つた。人間が歩き廻ることによつて、そこは少しづつ人間の足あとと祈りが印されて行くのだらうか。僕も群衆のなかを歩き廻つてゐたのだ。復員して戻つたばかりの僕は惨劇の日をこの目で見たのではなかつた。だが、惨劇の跡の人々からきく悲話や、戦慄すべき現象はまだそここに残つてゐた。一瞬の閃光で激変する人間、宇宙の深底に潜む不可知なもの……僕に迫つて来るものははてしなく巨大なもののやうだつた。だが、僕は揺すぶられ、鞭打たれ、燃え上り、塞きとめられてゐた。家は焼け失せてゐたが、父母と弟たちは廃墟の外にある小さな町に移住してゐた。復員して戻つたばかりの僕は、父母の許で、何か忽ち塞きとめられてゐる自分を見つけた。今は人間が烈しく喰ひちがふことによつて、すべてが塞きとめられてゐる時なのだらうか。だが、僕は昔から、殆どもの心ついたばかりの頃から、揺すぶられ、鞭打たれ、燃え上り、塞きとめられてゐたやうな記憶がする。僕は突抜けてゆきたくなるのだ。僕は廃墟の方をうろうろ歩く。僕の顔は何かわからぬものを嚇と内側に叩きつけてゐる顔になつてゐる。人間の眼はどぎつく空間を撲りつける眼になつてゐる。のぞみのない人間と人間の反射が、ますますその眼つきを荒つぽくさせてゐるのだらうか。めらめらの火や、噴きあげる血や、捩がれた腕や、死狂ふ唇や、糜爛の死体や、それらはあつた、それらはあつた、人々の眼のなかにまだ消え失せてはゐなかつた。鉄筋の残骸や崩れ墜ちた煉瓦や無数の破片や焼け残つて天を引裂かうとする樹木は僕のすぐ眼の前にあつた。世界は割れてゐた。割れてゐた、恐しく割れてゐた。

だが、僕は探してゐたのだ。何かはつきりしないものを探してゐた。どこか遠くにあつて、かすかに僕を慰めてゐたやうなもの、何だかわからないとらへどころのないもの、消えてしまつて記憶の内側にしかないもの、しかし空間から再びふと浮び出しさうなもの、記憶の内側にさへないが、嘗てたしかにあつたとおもへるもの、僕はぼんやり考へてゐた。

世界は割れてゐた。恐しく割れてゐた。だが、まだ僕の世界は割れてはゐなかつたのだ。まだ僕は一瞬の閃光を見たのではなかつた。僕はまだ一瞬の閃光に打たれたのではなかつた。だが、たうとう僕の世界にも一瞬の大混乱がやつて来た。そのときまで僕は何にも知らなかつた。その時から僕の過去は転覆してしまつた。その時から僕の記憶は曖昧になつた。その時から僕の思考は錯乱して行つた。知らないでもいいことを知つてしまつたのだ。僕は知らなかつた僕に驚き、僕は知つてしまつた僕に引裂かれる。僕は知つてしまつたのだ。僕は知つてしまつたのだ。僕の母が僕を生んだ母とは異つてゐたことを……。突然、知らされてしまつたのだ。突然?……だが、その時まで僕はやはりぼんやり探してゐたのかもしれなかつた。叔父の葬式のときだつた。壁の落ち柱の歪んだ家にみんなは集つてゐた。そのなかに僕は人懐こさうな婦人をみつけた。前に一度、僕が兵隊に行くとき駅までやつて来て黙つたまま見送つてくれた婦人だつた。僕は何となく惹きつけられてゐた。叔父の死骸が戸板に乗せられて焼場へ運ばれて行く時だつた。僕はその婦人とその婦人の夫と三人で人々から遅れがちに歩いてゐた。その婦人も婦人の夫も僕は何となく心惹かれたが、僕は何となく遠い親戚だらう位に思つてゐた。突然、婦人の夫が僕に云つた。

「君ももう知つてゐるのだね、お母さんの異ふことを」

不思議なこととは思つたが、僕は何気なく頷いた。何気なく頷いたが、僕は閃光に打たれてしまつてゐたのだ。それから僕はザワザワした。揺れうごくものがもう鎮まらなかつた。それから間もなく僕の探求が始つた。僕はその人たちの家をはじめてこつそり訪ねて行つた。山の麓にその人たちの仮寓はあつた。それから僕は全部わかつた。あの婦人は僕の伯母、死んだ僕の母の姉だつたのだ。僕の母は僕が三つの時死んでゐる。僕の父は僕の母を死ぬる前に離婚してゐる。事情はこみ入つてゐたのだが、そのため僕には全部今迄隠されてゐた。僕は死んだ母の写真を見せてもらつた。僕には記憶がなかつたが……。僕の父もその母と一緒に僕と三人で撮つてゐる。僕には記憶はなかつたが……。僕は目かくしされて、ぐるぐるぐる廻されてゐたのだつた。長い間、あまりに長い間、僕ひとり、僕ひとり……。僕の目かくしはとれた。こんどは僕のまはりがぐるぐる廻つた。僕もぐるぐる廻りだした。

僕のなかには大きな風穴が開いて何かがぐるぐると廻転して行つた。何かわけのわからぬものが僕のなかで僕を廻転させて行つた。僕は廃墟の上を歩きながら、これは僕ではないと思ふ。だが、廃墟の上を歩いてゐる僕は、これが僕だ、これが僕だと僕に押しつけてくる。僕はここではじめて廃墟の上でたつた今生れた人間のやうな気がしてくる。僕は吹き晒しだ。吹き晒しの裸身が僕だつたのか。わかるか、わかるかと僕に押しつけてくる。それで、僕はわかるやうな気がする。子供のとき僕は何かのはずみですとんと真暗な底へ突落されてゐる。何かのはずみで僕は全世界が僕の前から消え失せてゐる。ガタガタと僕の核心は青ざめて、僕は真赤な号泣をつづける。だが、誰も救つてはくれないのだ。僕はつらかつた。僕は悲しかつた、死よりも堪へがたい時間だつた。僕は真暗な底から自分で這ひ上らねばならない。僕は這ひ上つた。そして、もう堕ちたくはなかつた。だが、そこへ僕をまた突落さうとする何かのはずみはいつも僕のすぐ眼の前にチラついて見えた。僕はそわそわして落着がなかつた。いつも誰かの顔色をうかがつた。いつも誰かから突落されさうな気がした。突落されたくなかつた。堕ちたくなかつた。僕は人の顔を人の顔ばかりをよく眺めた。彼等は僕を受け容れ、拒み、僕を隔ててゐた。人間の顔面に張られてゐる一枚の精巧複雑透明な硝子……あれは僕には僕なりにわかつてゐたつもりなのだが。

おお、一枚の精巧複雑透明な硝子よ。あれは僕と僕の父の間に、僕と僕の継母の間に、それから、すべての親戚と僕との間に、すべての世間と僕との間に、張られてゐた人間関係だつたのか。人間関係のすべての瞬間に潜んでゐる怪物、僕はそれが怕くなつたのだらうか。僕はそれが口惜しくなつたのだらうか。僕にはよくわからない。僕はもつともつと怕くなるのだ。すべての瞬間に破滅の装塡されてゐる宇宙、すべての瞬間に戦慄が潜んでゐる宇宙、ジーンとしてそれに耳を澄ませてゐる人間の顔を僕は夢にみたやうな気がする。僕にとつて怕いのは、もう人間関係だけではない。僕を呑まうとするもの、僕を嚙まうとするもの、僕にとつてあまりに巨大な不可知なものたち。不可知なものは、それは僕が歩いてゐる廃墟のなかにもある。僕はおもひだす、はじめてこの廃墟を見たとき、あの駅の広場を通り抜けて橋のところまで来て立ちどまつたとき、そこから殆ど廃墟の全景が展望されたが、ぺちやんこにされた廃墟の静けさのなかから、ふと向ふから何かわけのわからぬものが叫びだすと、つづいてまた何かわけのわからないものが泣きわめきながら僕の頰へ押しよせて来た。あのわけのわからないものたちは僕を僕を僕のなかでぐるぐると廻転さす。

僕は僕のなかをぐるぐる探し廻る。さうすると、いろんな時のいろんな人間の顔が見えて来る。僕にむかつて微笑みかけてくれる顔、僕をちよつと眺める顔、僕に無関心の顔、厚意ある顔、敵意を持つ顔、……だが、それらの顔はすべて僕のなかに日蔭や日向のある、とにかく調和ある静かな田園風景となつてゐる。僕はとにかく、いろんなものと、いろんな糸で結びつけられてゐる。僕はとにかく安定した世界にゐるのだ。

ジーンと鋭い耳を刺すやうな響がする。僕のゐる世界は引裂かれてゆく。それらはない、それらはない！　と僕は叫びつづける。それらはみんな飛散つてゆく。破片の速度だけが僕の眼の前にある。それらはない！　それらはない！　僕は叫びつづける。……と、僕を地上に結びつけてゐた糸がプツリと切れる。こんどは僕が破片になつて飛散つてゆく。くらくらとする断崖、感動の底にある谷間、キラキラと燃える樹木、それらは飛散つてゆく僕に青い青い流れとして映る。僕はない！　僕はない！　僕は叫びつづける。……僕は夢をみてゐるのだらうか。

僕は僕のなかをぐるぐるともつと強烈に探し廻る。突然、僕のなかに無限の青空が見えてくる。それはまるで僕の胸のやうにおもへる。僕は昔から眼を見はつて僕の前にある青空を眺めなかつたか。昔、僕の胸はあの青空を吸収してまだ幼かつた。今、僕の胸は固く非常に健やかになつてゐるやうだ。たしかに僕の胸は無限の青空のやうだ。たしかに僕の胸は無限に突進んで行けさうだ。僕をとりまく世界が割れてゐて、僕のゐる世界が悲惨で、僕を圧倒し僕を破滅に導かうとしても、僕は……。僕は生きて行きたい。僕は生きて行けさうだ。僕は……。さうだ、僕はなりたい、もつともつと違ふものに、もつともつと大きなものに……。巨大に巨大に宇宙は膨れ上る。巨大に巨大に……。僕はその巨大な宇宙に飛びついてやりたい。僕の眼のなかには願望が燃え狂ふ。僕の眼のなかに一切が燃え狂ふ。

それから僕は恋をしだしたのだらうか。僕は廃墟の片方の入口から片一方の出口まで長い長い広い広いところを歩いて行く。空漠たる沙漠を隔てて、その両側に僕はゐる。僕の父母の仮りの宿と僕の伯母の仮りの家と……。伯母の家の方向へ僕が歩いてゆくとき、僕の足どりは軽くなる。僕の眼には何かちらと昔みたことのある美しい着物の模様や、何でもないのにふと僕を悦ばしてくれた小さな品物や、そんなものがふと浮んでくる。そんなものが浮んでくると僕は僕が懐しくなる。伯母とあふたびに、もつと懐しげなものが僕につけ加はつてゆく。伯母の云つてくれることなら、伯母の言葉ならみんな僕にとつて懐しいのだ。僕は伯母の顔の向側に母をみつけようとしてゐるのかしら。だが、死んだ母の向側には何があるのか。向側よ、向側よ、……ふと何かが僕のなかで鳴りひびきだす。僕は軽くなる。僕は柔かにふくれあがる。涙もろくなる。嘆きやすくなる。嘆き？今まで知らなかつたとても美しい嘆きのやうなものが僕を抱き締める。それから何も彼もが美しく見えてくる。嘆き？　靄にふるへる廃墟まで美しく嘆く。あ、あれは死んだ人たちの嘆きと僕たちの嘆きがひびきあふからだらうか。嘆き？　嘆き？　僕の人生でたつた一つ美しかつたのは嘆きなのだらうか？　わからない、僕は若いのだ。僕の人生はまだ始つたばかりなのだ。僕はもつと探してみたい。嘆き？　人生でたつた一つ美しいのは嘆きなのだらうか。

それから僕は彷徨つて行つた。僕はやつぱし何かを探してゐるのだ。僕が死んだ母のことを知つてしまつたことは僕の父に知られてしまつた。それから間もなく僕は東京へやられた。それから僕は東京を彷徨つて行つた。東京は僕を彷徨はせて行つた。（僕のなかできこえる僕の雑音……。ライターが毀れてしまつた。石鹼がない。靴の踵がとれた。時計が狂つた。書物が欲しい。ノートがくしやくしやだ。僕はくしやくしやだ。僕はバラバラだ。書物は僕を理解しない。僕も書物を理解できない。僕は気にかかる。何もかも気にかかる。くだらないものが一杯充満して散乱する僕の全存在、それが一つ一つ気にかかる。教室で誰かが誰かと話をしてゐる。人は僕のことを喋つてゐるのかしら。向側の鋪道を人間が歩いてゐる。あれは僕なのかしら。音楽がきこえてくる。僕は音楽にされてしまつてゐる。下宿の窓の下を下駄の音が走る。走つてゐるのは僕だ。以前のことを思つては駄目だ、こちらは日毎に苦しくなつて行く……父の手紙。父の手紙は僕を揺るがす。伊作さん立派になつて下さい立派に、……伯母の声だ。その声も僕を揺るがす。みんなどうして生きて行つてゐるのかまるで僕には見当がつかない。みんな人間は木端微塵にされたガラスのやうだ。世界は割れてゐる。人類よ、人類よ、人類よ。僕は理解できない。僕は結びつけない。僕は揺れてゐる。人類よ、人類よ、人類よ、僕は理解したい。僕は結びつきたい。僕は生きて行きたい。揺れてゐるのは僕だけなのかしら。いつも僕のなかで何か爆発する音響がする。いつも何かが僕を追かけてくる。僕は揺すぶられ、鞭打たれ、燃え上り、塞きとめられてゐる。僕はつき抜けて行きたい。どこかへ、どこかへ。）それから僕は東京と広島の間を時々往復してゐるが、僕の混乱と僕の雑音は増えてゆくばかりなのだ。僕の中学時代からの親しい友人が僕に何にも言はないで、ぷつりと自殺した。僕の世界はまた割れて行つた。僕のなかにはまた風穴ができたやうだ。風のなかに揺らぐ破片、僕の雑音、雑音の僕。僕の人生ははじまつたばつかしなのだ。ああ、僕は雑音のかなたに一つの澄みきつた歌ごゑがききとりたいのだが……。

伊作の声がぷつりと消えた。雑音のなかに一つの澄みきつたうたごゑ……それをききとりたいと云つて伊作の声が消えた。僕はふらふらと歩いてゐる。僕のまはりがふらふらと歩いてくる。群衆のざわめきのなかに、低い、低い、しかし、絶えまなくきこえてくる、悲しい、やはらかい、静かな、嘆くやうに美しい、小さな小さな囁き、僕もその囁きにきき入りたいのだが……。やつぱし僕のまはりはざわざわ揺れてゐる。揺れてゐるなかから、ふと声がしだした。お絹の声が僕にきこえた。

〈お絹の声〉

わたしはあの時から何年間夢中で走りつづけてゐたのかしら。あの時わたしの夫は死んだ。わたしの家は光線で歪んだ。火は近くまで燃えてゐた。わたしの夫が死んだのを知つたのは三日目のことだつた。わたしの息子はわたしと一緒に壕に隠れた。わたしは何が終つたのやら何が始つたのやらわからなかつた。火は消えたらしかつた。二日目に息子が外の様子を見て戻つて来た。ふらふらの青い顔で蹲つた。何か嘔吐してゐた。あんまりひどいので口がきけなくなつてゐたのだ。翌日も息子はまた外に出て街のありさまをたしかめて来た。夫のゐた場所では誰も助かつてゐなかつた。あの時からわたしは夢中で走りださねば助からなかつた。水道は壊れてゐた。電燈はつかなかつた。雨が、風が吹きまくつた。わたしはパタンと倒れさうになる。

足が、足が、足が、倒れさうになるわたしを追越してゆく。またパタンと倒れさうになる。足が、足が、倒れさうになるわたしを追越してゆく。息子は父のネクタイを闇市に持つて行つて金にかへてもどる。わたしは逢ふ人ごとに泣ごとを云つておどおどしてゐた。だがわたしは泣いてはゐられなかつた。泣いてゐる暇はなかつた。おどおどしてはゐられなかつた。走りつづけなければ、走りつづけなければ……。わたしはせつせとミシンを踏んだ。ありとあらゆる生活の工夫をつづけた。わたしが着想することはわたしにさへ微笑されたが、それでもどうにか通用してゐた。中学生の息子はわたしを励まし、わたしの助手になつてくれた。走りつづければ、走りつづけなければ……。わたしは夢のなかでさへさう叫びつづけた。

突然、パタンとわたしは倒れた。わたしはそれからだんだん工夫がきかなくなつた。わたしはわたしに迷はされて行つた。青い三日月が焼跡の新しい街の上に閃いてゐる夕方だつた。わたしがミシン仕事の仕上りをデパートに届けに行く途中だつた。わたしは雑沓のなかでわたしの昔の愛人の後姿を見た。そんなはずはなかつた。愛人は昔もう死んでゐたから。だけどわたしの目に見えるその後姿はわたしの目を離れなかつた。わたしはこつそり後からついて歩いた。どこまでも、どこまでも、この世の果ての果てまでも見失ふまいとする熱望が突然わたしになにか囁きかけた。そんなはずはなかつた。わたしは昔それほど熱狂したおぼえはなかつた。わたしはわたしが怕くなりかかつた。突然、その後姿がわたしの方を振向いてゐた。突き刺すやうな眼なざしで、……ハッと思ふ瞬間、それはわたしの夫だつた。そんなはずはなかつた。夫はあのとき死んでしまつたのだから。突き刺すやうな眼なざしに、わたしはざくりと突き刺されてしまつてゐた。熱い熱いものが背筋を走ると足はワナワナ震へ戦いた。人ちがひだ、人ちがひだ、とパツと叫んでわたしは逃げだしたくなる。わたしはそれでも気をとりなほした。わたしを突き刺した眼なざしの男は、次の瞬間、人混みの青い闇に紛れ去つてゐた。後姿はまだチラついたが……。

人ちがひだ、人ちがひだつた、わたしはわたしに安心させようとした。後姿はまだチラついたが……わたしはわたしの眼を信じようとした。わたしはハッキリ眼をあけてゐたかつた。水晶のやうに澄みわたつて見える、そんな視覚をとりもどしたかつた。澄みきつた水の底に泳ぐ魚の見える、そんな感覚をよびもどしたかつた。だけど、わたしはがつかりしたのか、ひどく視力がゆるんでしまつた。怕しい怕しいことに出喰はした後の、ゆるんだ視覚がわたしらしかつた。わたしはまはりの人混みのゆるい流れにもたれかかるやうにして歩いた。後姿はまだチラついたが……。

わたしはそれでも気をとりなほした。人混みのゆるい流れにもたれかかるやうにして歩いて、何処へ行くのか迷つてはゐなかつた。いつものやうにデパートの裏口から階段を昇り、そこまで行つたが、ときどき何かがつかりしたものが、わたしのまはりをザラザラ流れる。品物を渡して金を受取らうとすると、わたしは突然泣けさうになつた。金を受取るといふ、この世間並の、あたりまへの、何でもない行為が、突然わたしを罪人のやうな気持にさせた。そんな気持になつてはいけない、今はよほどどうかしてゐる。わたしはわたしを支へようとした。今はよほどどうかしてゐる、しつかりしてゐないと、何だか空間がパチンと張裂けてしまふ。何気なく礼を云つてその金を受取ると、わたしは一つの危機を脱したやうな気がしたものだ。それからわたしは急いで歩いた。急がなければ、急がなければ、後から何かが追かけてくる。わたしは急いで歩いてゐるはずだつたが、ときどきぼんやり立どまりさうになつた。後姿はまだチラついた。

家に戻つても落着けなかつた。わたしはよほどどうかしてゐる。わたしはよほどどうかしてゐる。今すぐ今すぐしつかりしないと大変なことになりさうだつた。わたしはわたしを支へようとした。わたしはわたしに凭れかかつた。ゆるくゆるくゆるんで行く睡い瞼のすぐまのあたりを凄い稲妻がサツと流れた。わたしはうとうと睡りかかるとハツとわたしは弾きかへされた。後姿がまだチラついた。青いわたしの脊髄の闇に……。

わたしはわたしに迷はされてゐるらしい。わたしはわたしに脅えだしたらしい。何でもないのだ、何でもないのだ、わたしなんかありはしない。昔から昔からわたしはわたしをわたしだと思つたことなんかありはしない。お盆の上にこぼれてゐた水、あの水の方がわたしらしかつた。水、……水、……水、……わたしは水になりたいとおもつた。青い蓮の葉の上でコロコロ転んでゐる水銀の玉、蜘蛛の巣をつたつて走る一滴の水玉、そんな優しい小さなものに、そんな美しい小さなものに、わたしはなれないのかしら。わたしはわたしを宥めようとおもふと、静かな水が眼の前をながれた。静かな水は苔の上をながれる。小川の水が静かに流れる。あつちからもこつちからも川が流れる。

白帆が見える、燕が飛んだ。川の水はうれしげに海にむかつて走つた。海はたつぷりふくらんでゐた。たのしかつた。うれしさうだつた、懐しかつた。鷗がヒラヒラ閃いてゐた。海はひろびろと夢をみてゐるやうだつた。夢がだんだん仄暗くなつたとき、突然、海の上を光線が走つた。海は真暗に割れて裂けた。わたしはわたしに弾きかへされた。わたしはわたしにいらだちだした。わたしはわたしだ、どうしてもわたしだ。わたしのほかにわたしなんかありはしない。わたしはわたしに獅噛みつかうとした。わたしは縮んで固くなつてゐた。小さく小さく出来るだけ小さく、もうこれ以上は小さくなれなかつた。もうこれ以上は固まれさうになかつた。わたしはわたしだ、どうしてもわたしだ。小さな殻の固いかたまり、わたしはわたしを大丈夫だとおもつた。とおもつた瞬間また光線が来た。わたしは真二つに割られてゐたやうだ。それから後はいろいろのことが前後左右縦横に入乱れて襲つて来た。わたしは苦しかつた。わたしは悶えた。

地球の裂け目が見えて来た。それは紅海と印度洋の水が結び衝突し渦巻いてゐる海底だつた。ギシギシと海底が割れてゆくのに、陸地の方では何にも知らない。世界はひつそり静まつてゐた。ヒマラヤ山のお花畑に青い花が月光を吸つてゐた。そんなに地球は静かだつたが、海底の渦はキリキリ舞つた。大変なことになる大変なことになつたとわたしは叫んだ。わたしの額のなかにギシギシと厭な音がきこえた。わたしは鋏だけでも持つて逃げようかとおもつた。わたしは予感で張裂けさうだ。それから地球は割れてしまつた。濛々と煙が立騰るばかりで、わたしのまはりはひつそりとしてゐた。煙の隙間に見えて来た空間は鏡のやうに静かだつた。と何か遠くからザワザワと潮騒のやうなものが押よせてくる。騒ぎはだんだん近づいて来た。と目の前にわたしは無数の人間の渦を見た。忽ち渦の両側に絶壁がそそり立つた。すると青空は無限の彼方にあつた。「世なほしだ！世なほしだ！」と人間の渦は苦しげに叫びあつて押合ひ犇めいてゐる。人間の渦は藻掻きあひながら、みんな天の方へ絶壁を這ひのぼらうとする。わたしは絶壁の硬い底の窪みの方にくつついてゐた。そこにをれば大丈夫だとおもつた。が、人間の渦の騒ぎはわたしの方へ拡つてしまつた。わたしは押されて押し潰されさうになつた。わたしはガクガク動いてゆくものに押されて歩いた。後から後からわたしを小衝いてくるもの、ギシギシギシギシ動いてゆくものに押されて歩いてゐるうち、わたしの硬かつた足のうらがふはふはと柔かくなつてゐた。わたしはふはふは歩いて行くうちに、ふと気がつくと沙漠のやうなところに来てゐた。いたるところに水溜りがあつた。水溜りは夕方の空の血のやうな雲を映して燃えてゐた。やつぱし地球は割れてしまつてゐるのがわかる。水溜りは焼け残つた樹木の歯車のやうな影を映して怒つてゐた。大きな大きな蝙蝠が悲しげに鳴叫んだ。わたしもだんだん悲しくなつた。わたしはだんだん透きとほつて来るやうな気がした。透きとほつてゆくやうな気がするのだけれど、足もとも眼の前も心細く薄暗くなつてゆく。どうも、わたしはもう還つてゆくところを失つた人間らしかつた。わたしは水溜りのほとりに蹲つてしまつた。両方の掌で頬をだきしめると、やがて頭をたれて、ひとり静かに泣き耽つた。ひつそりと、うつとりと、まるで一生涯の涙があふれ出るやうに泣いてゐたのだ。ふと気がつくと、あつちの水溜りでも、こちらの水溜りでも、いたるところの水溜りにひとりづつ誰かが蹲つてゐる。ひつそりと蹲つて泣いてゐる。では、あの人たちももう還つてゆくところを失つた人間なのかしら、ああ、では、やつぱし地球は裂けて割れてしまつたのだ。ふと気がつくと、わたしの水溜りのすぐ真下に階段が見えて来た。ずつと下に降りて行けるらしい階段をわたしはふらふら歩いて行つた。仄暗い廊下のやうなところに突然、目がくらむやうな隙間があつた。その隙間から薄荷の香りのやうな微風が吹いてわたしの頬にあたつた。見ると、向ふには真青な空と赤い煉瓦の塀があつた。夾竹桃の花が咲いてゐる。あの塀に添つてわたしは昔わたしの愛人と歩いてゐたのだ。では、あの学校の建ものはまだ残つてゐたのかしら。……そんな筈はなかつた。あそこらもあの時ちやんと焼けてしまつたのだから。わたしのそばでギザギザと鋏のやうな声がした。その声でわたしはびつくりして、またふらふら歩いて行つた。また隙間が見えて来た。わたしの生れた家の庭さきの井戸が、山吹の花が明るい昼の光に揺れて。……そんな筈はなかつた、あそこはすつかり焼けてしまつたのだから。またギザギザの鋏の声でわたしはびつくりしてゐた。また隙間が見えて来る。仄暗い廊下のやうなところははてしなくつづいた。……それからわたしはまたぞろぞろ動くものに押されて歩いてゐた。わたしは腰を下ろしたかつた。腰を下ろして何か食べようとしてゐた。すると急に何かぱたんとわたしのなかで滑り墜ちるものがあつた。わたしは素直に立上つて、ぞろぞろ動くものに随いておとなしく歩いた。さうしてゐれば、さうしてゐれば、わたしはどうにかわたしにもどつて来さうだつた。みんな人間はぞろぞろ動いてゆくやうだつた。その足音がわたしの耳には絶え間なしにきこえる。無数に交錯する足音についてわたしの耳はぼんやり歩き廻る。足音、足音、どうしてわたしは足音ばかりがそんなに懐しいのか。人がざわざわ歩き廻つて人が一ぱい群れ集つてゐる場所の無数の足音が、わたしそのもののやうにおもへてきた。わたしの眼には人間の姿は殆ど見えなくなつた。影のやうなものばかりが動いてゐるのだ。影のやうなものばかりのなかに、無数の足音が、……それだけがわたしをぞくぞくさせる。足音、足音、どうしてもわたしは足音が恋しくてならない。わたしはぞろぞろ動くものについて歩いた。さうしてゐると、さうしてゐるうちに、わたしはわたしにもどつて来さうだつた。

　ある日わたしはぼんやりわたしにもどつて来かかつた。わたしの息子がスケッチを見せてくれた。息子が描いた川の上流のスケッチだつた。わたしはわたしに息子がゐたのをふと気がついた。わたしはわたしに迷はされてはいけなかつたのだ。わたしにはまだ息子がゐたのだ。突然わたしは不思議におもへた。ほんとに息子は生きてゐるのかしら。あれもやつぱし影ではないのか。わたしはハツと逃げ出したくなつた。わたしは跣で歩き廻つた。ぞろぞろ動くものに押されて、ザワザワ揺れるものに揺られて、影のやうなものばかりが動いてゐるなかをひとりふらふら歩き廻つた。さうしてゐれば、さうしてゐる方がやつぱしわたしはわたしらしかつた。わたしの袖を息子がとらへた。「お母さん帰りませう、家へ」……家へ？　まだ還るところがあつたのかしら。わたしはそれでも素直になつた。わたしはわたしに迷はされまい。わたしにはまだ息子がゐるのだ。それだのに何かパタンとわたしのなかに滑り墜ちるものがある。と、すぐわたしはまた歩きたくなるのだ。足音、足音、……無数にきこえる足音がわたしを誘つた。わたしはそのなかに何かやさしげな低い歌ごゑをきく。わたしはそのなかを歩き廻つてゐる。さうしてゐると足音がわたしのなかを歩き廻る。わたしはときどき立どまる。わたしにはまだ息子があるのだ。わたしにはまだわたしがあるのだ。それからまたふらふら歩きまはる。わたしにはもうわたしはない、歩いてゐる、歩いてゐる、歩いてゐるものばつかしだ。

お絹の声がぷつりと消えた。僕はふらふら歩き廻つてゐる。僕のまはりを通り越す群衆が僕には僕の影のやうにおもへる。僕は僕を探しまはつてゐるのか。僕は僕に迷はされてゐるのか。僕は伊作ではない、僕はお絹ではない。僕ではない伊作もお絹も突離された人間なのか。伊作の人生はまだこれから始つたばかりなのだ。お絹にはまだ息子があるのだ。そして僕には、僕には既に何もないのだらうか。僕は僕のなかに何を探し何を迷はうとするのか。

地球の割れ目か、夢の裂け目なのだらうか。夢の裂け目？……さうだ。僕はたしかにおもひ出せる。僕のなかに浮んで来て僕を引裂きさうな、あの不思議な割れ目を。僕は惨劇の後、何度かあの夢をみてゐる。崩れた庭に残つてゐる青い水を湛へた池の底なしの貌つきを。それは僕のなかにあるやうな気がする。僕がそのなかにあるやうな気もする。それから突然ギヨツとしてしまふ、骨身に沁みるばかりの冷やりとしたものに……。僕は還るところを失つてしまつた人間なのだらうか。

……自分のために生きるな、死んだ人たちの嘆きのために生きよ。僕は僕のなかに嘆きを生きるのか。

隣人よ、隣人よ、死んでしまつた隣人たちよ。僕はあの時満潮の水に押流されてゆく人の叫声をきいた。僕は水に飛込んで一人は救ひあげることができた。青ざめた唇の脅えきつた少女は微かに僕に礼を云つて立去つた。押流されてゐる人々の叫びはまだまだ僕の耳にきこえた。僕はしかしもうあのとき水に飛込んで行くことができなかつた。……隣人よ、隣人よ。さうだ、君もまた僕にとつて数時間の隣人だつた。片手片足を光線で捩がれ、もがきもがき土の上に横はつてゐた男よ。僕が僕の指で君の唇に胡瓜の一片を差あたへたとき、君の唇のわななきは、あんな悲しいわななきがこの世にあるのか。……ある。たしかにある。……隣人よ、隣人よ、黒くふくれ上り、赤くひき裂かれた隣人たちよ、そのわななきよ。死悶えて行つた無数の隣人たちよ。おんみたちの無数の知られざる死は、おんみたちの無限の嘆きは、天にとどいて行つたのだらうか。わからない、わからない、僕にはそれがまだはつきりとわからないのだ。僕にわかるのは僕がおんみたちの無数の死を目の前に見る前に、既に、その一年前に、一つの死をはつきり見てゐたことだ。

その一つの死は天にとどいて行つたのだらうか。わからない、わからない、それも僕にはわからないのだ。僕にはつきりわかるのは、僕がその一つの嘆きにつらぬかれてゐたことだけだ。そして僕は生き残つた。お前は僕の声をきくか。

僕をつらぬくものは僕をつらぬけ。僕をつらぬくものは僕をつらぬけ。一つの嘆きよ、僕をつらぬけ。無数の嘆きよ、僕をつらぬけ。僕はここにゐる。僕はこちら側にゐる。僕はここにゐない。僕は向側にゐる。僕は僕の嘆きを生きる。僕は突離された人間だ。僕は歩いてゐる。僕は還るところを失つた人間だ。僕のまはりを歩いてゐる人間……あれは僕　で　は　な　い。

僕はお前と死別れたとき、これから既に僕の苦役が始まると知つてゐた。僕は家を畳んだ。広島へ戻つた。あの惨劇がやつて来た。飢餓がつづいた。東京へ出て来た。再び飢餓がつづいた。生存は拒まれつづけた。苦役ははてしなかつた。何のために何のための苦役なのか。わからない、僕にはわからない、僕にはわからないのだ。だが、僕のなかで一つの声がかう叫びまはる。

僕は堪へよ、堪へてゆくことばかりに堪へよ。僕を引裂くすべてのものに、身の毛のよ立つものに、死の叫びに堪へよ。それからもつともつと堪へてゆけよ、フラフラの病ひに、飢ゑのうめきに、魔のごとく忍びよる霧に、涙をそそのかすすべての優しげな予感に、すべての還つて来ない幻たちに……。僕は堪へよ、堪へてゆくことばかりに堪へよ、最後まで堪へよ、身と自らを引裂く錯乱に、骨身を突刺す寂寥に、まさに死のごとき消滅感にも……。それからもつともつと堪へてゆけよ、一つの瞬間のなかに閃く永遠のイメージにも、雲のかなたの美しき嘆きにも……。

お前の死は僕を震駭させた。病苦はあのとき家の棟をゆすぶつた。お前の堪へてゐたものの巨きさが僕の胸を押潰した。

おんみたちの死は僕を戦慄させた。死狂ふ声と声とはふるさとの夜の河原に木霊しあつた。

真夏ノ夜ノ
河原ノミヅガ
血ニ染メラレテ　ミチアフレ
声ノカギリヲ
チカラノアリツタケヲ
オ母サン　オカアサン
断末魔ノカミツク声
ソノ声ガ
コチラノ堤ヲノボラウトシテ

ムカウノ岸ニ　ニゲウセテユキ
それらの声はどこへ逃げうせて行つただらうか。おんみたちの背負されてゐたギリギリの苦悩は消えうせたのだらうか。僕はふらふら歩き廻つてゐる。僕のまはりを歩き廻つてゐる無数の群衆は……僕ではない。僕ではない。僕ではない。僕ではなかつたそれらの声はほんたうに消え失せて行つたのか。それらの声は戻つてくる。僕に戻つてくる。それらの声が担つてゐたものの荘厳さが僕の胸を押潰す。戻つてくる、戻つてくる、いろんな声が僕の耳に戻つてくる。

アア　オ母サン　オ父サン　早ク夜ガアケナイノカシラ

窪地で死悶えてゐた女学生の祈りが僕に戻つてくる。

兵隊サン　兵隊サン　助ケテ

鳥居の下で反転してゐる火傷娘の真赤な泣声が僕に戻つてくる。

アア　誰カ僕ヲ助ケテ下サイ　看護婦サン　先生

真黒な口をひらいて、きれぎれに弱々しく訴へてゐる青年の声が僕に戻つてくる、戻つてくる、戻つてくる、さまざまの嘆きの声のなかから、

ああ、つらい　つらい

と、お前の最後の声が僕のなかできこえてくる。さうだ、僕は今漸くわかりかけて来た。僕がいつ頃から眠れなくなつたのか、何年間僕が眠らないでゐるのか。……あの頃から僕は人間の声の何ごともない音色のなかにも、ふと断末魔の音色がきこえた。面白さうに笑ひあつてゐる人間の声の下から、ジーンと胸を潰すものがひびいて来た。何ごともない普通の人間の顔の単純な姿のなかにも、すぐ死の痙攣や生の割れ目が見えだして来た。いたるところに、あらゆる瞬間にそれらはあつた。人間一人一人の核心のなかに灼きつけられてゐた。人間の一人一人からいつでも無数の危機や魂の惨

劇が飛出しさうになつた。それらはあつた。それらはあつた。それらはあつた。それらはあつた。それらはきびしく僕に立ちむかつて来た。僕はそのために圧潰されさうになつてゐるのだ。僕は僕に訊ねる。救ひはないのか、救ひはないのか。だが、僕にはわからないのだ。僕は僕の眼を捩ぎとりたい。僕は僕の耳を截り捨てたい。だが、それらはあつた、それらはあつた、僕は錯乱してゐるのだらうか。僕のまはりをぞろぞろ歩き廻つてゐる人間……あれは僕ではない。僕ではない。だが、それはあつた。それらはあつた。僕の頭のなかを歩き廻つてゐる群衆……あれは僕ではない。僕ではない。だが、それらはあつた、それらはあつた。

それらはあつた。それらはあつた。と、ふと僕のなかで、お前の声がきこえてくる。昔から昔から、それらはあつた、と……。さうだ、僕はもつともつとはつきり憶ひ出せて来た。お前は僕のなかに、それらを視つめてゐたのか。僕もお前のなかに、それらを視てゐたのではなかつたか。救ひはないのか、救ひはないのか、と僕たちは昔から叫びあつてゐたのだらうか。それだけが、僕たちの生きてゐた記憶ではなかつたのか。だが救ひは。僕にはやはりわからないのだ。お前は救はれたのだらうか。僕にはわからない。僕にわかるのは救ひを求める嘆きのなかに僕たちがゐたといふことだけだ。そして僕はゐる、今もゐる、その嘆きのなかにつらぬかれて生き残つてゐる、そしてお前はゐる、今もゐる、恐らくはその嘆きのかなたに……。

救ひはない、救ひはない、と、ふと僕のなかで誰かの声がする。僕はおどろく。その声は君か。友よ、友よ、遠方の友よ、その声は君なのか。忽ち僕の眼のまへに若い日の君のイメージは甦る。交響楽を、交響楽を、人類の大シンフオニーを夢みてゐた友よ。人間が人間とぴたりと結びつき、魂が魂と抱きあひ、歓喜が歓喜を煽りかへす日を夢みてゐた友よ。あの人類の大劇場の昂まりゆく波のイメージは……。だが（救ひはない、救ひはない）と友は僕に呼びつづける。（沈んでゆく、沈んでゆく、一切は地下に沈んでゆく。それすら無感覚のわれわれに今救ひはないのだ。一つの魂を救済することは一つの全生涯を破滅させても今は出来ない。奈落だ、奈落だ、今はすべてが奈落なのだ。今はこの奈落の底を見とどけることに僕は僕の眼を磨ぐばかりだ。）友よ、友よ、遠方の友よ、かなしい友よ、不思議な友よ。堪へて、堪へて、堪へ抜いてゐる友よ。救ひはないのか、救ひはないのか。……僕はふらふら歩き廻る。やつぱし歩き廻つてゐるのか。僕のまはりを歩きまはつてゐる群衆。僕の頭のなかの群衆。やつぱし僕は雑沓のなかをふらふら歩いてゐるのか。雑沓のなかから、また一つの声がきこえてくる。ゆるいゆるい声が僕に話しかける。

〈ゆるいゆるい声〉

……僕はあのときパッと剝ぎとられたと思つた。それからのこのこと外へ出て行つたが、剝ぎとられた後がザワザワ揺れてゐた。いろんな部分から火や血や人間の屍が噴き出てゐて、僕をびつくりさせたが、僕は剝ぎとられたほかの部分から何か爽やかなものや新しい芽が吹き出しさうな気がした。僕は医やされさうな気がした。僕は僕のなかに開かれたものを持つて生きて行けさうだつた。それで僕はそこを離れると遠い他国へ出かけて行つた。ところが僕を見る他国の人間の眼は僕のなかに生き残りの人間しか見てくれなかつた。まるで僕は地獄から脱走した男だつたのだらうか。人は僕のなかに死にわめく人間の姿をしか見てくれなかつた。「生き残り、生き残り」と人々は僕のことを罵つた。まるで何かわるい病気を背負つてゐるものを見るやうな眼つきで。このことにばかり興味をもつて見られる男でしかないかのやうに。それから僕の窮乏は底をついて行つた。他国の掟はきびしすぎた。不幸な人間に爽やかな予感は許されないのだらうか……。だが、僕のなかの爽やかな予感はどうなつたのか。僕はそれが無性に気にかかる。毎日毎日が重く僕にのしかかり、僕のまはりはだらだらと過ぎて行くばかりだつた。僕は僕のなかから突然爽やかなものが跳ねだしさうになる。だが、だらだらと日はすぎてゆく……。僕のなかの爽やかなものは、……だが、だらだらと日はすぎてゆく。僕のなかの、だが、だらだらと、僕の背は僕の背負つてゐるものでだんだん屈められてゆく。

〈またもう一つのゆるい声が〉

……僕はあれを悪夢にたとへてゐたが、時間がたつに随つて、僕が実際みる夢の方は何だかひどく気の抜けたもののやうになつてゐた。たとへば夢ではあのときの街の屋根がゆるいゆるい速度で傾いて崩れてゆくのだ。空には青い青い茫とした光線がある。この妖しげな夢の風景には恐怖などと云ふより、もつともつとどうにもならぬ郷愁が喰らひついてしまつてゐるやうなのだ。それから、あの日あの河原にずらりと並んでゐた物凄い重傷者の裸体群像にしたところで、まるで小さな洞窟のなかにぎつしり詰め込められてゐる不思議と可憐な粘土細工か何かのやうに夢のなかでは現れてくる。その無気味な粘土細工は蠟人形のやうに色彩まである。そして、時々、無感動に蠢めいてゐる。あれはもう脅迫などではなささうだ。もつともつとどうにもならぬ無限の距離から、こちら側へ静かにゆるやかに匍ひ寄つてくる憂愁に似てゐる。それから、あの焼け失せてしまつた家の夢にしたところで、僕の夢のなかでは僕の坐つてゐた畳のところとか、僕の腰かけてゐた窓側とかいふものはちよつとも現れて来ず、雨に濡れた庭石の一つとか、縁側の曲り角の朽ちさうになつてゐた柱とか、もつともつとどうにもならぬ侘しげなものばかりが、ふはふはと地霊のやうにしのび寄つてくる。僕と夢とあの惨劇を結びつけてゐるものが、こんなに茫々として気が抜けたものになつてゐるのは、どうしたことなのだらうか。

〈更にもう一つの声がゆるやかに〉

……わたしはたつた一人生き残つてアフリカの海岸にたどりついた。わたしひとりが人類の最後の生き残りかとおもふと、わたしの軀はぶるぶると震へ、わたしの吐く息の一つ一つがわたしに別れを告げてゐるのがわかる。わたしの視てゐる刹那刹那がすべてのものの終末かとおもふと、わたしは気が遠くなつてゆく。なにものももうわたしで終り、なにものももうわたしから始らないのかとおもふと、わたしのなかにすべての慟哭がむらがつてくる。わたしの視てゐる碧い碧い波……あんなに碧い波も、ああ、昔、昔、……人間が視ては何かを感じ何かを考へ何かを描いてゐたのだらうに、……その碧い碧い波ももうわたしの……わたし以前のしのびなきにすぎない。死・愛・孤独・夢……さうした抽象観念ももはやわたしにとつて何にならう。わたしの吐く息の一つ一つにすべての記憶はこぼれ墜ち、記号はもはや貯へおくべき場を喪つてゆく。ああ、生命《いのち》……生命……これが生命あるものの最後の足掻なのだらうか。ああ、生命、生命、……人類の最後の一人が息をひきとるときがこんなに速くこんなに速くもやつてきたのかとおもふと、わたしのなかにすべての悔恨がふきあがつてくる。なぜに人間は……なぜに人間は……なぜ人間は……ああ、しかし、もうなにもかもとりかへしのつかなくなつてしまつたことなのだ。わたしひとりではもはやどうにもならない。わたしひとりではもはやどうしやうもない。わたしはわたしの吐く息の一つ一つにはつきりとわたしを刻みつけ、まだわたしの生きてゐることをたしかめてゐるのだらうか。わたしはわたしの吐く息の一つ一つに吸ひ込まれ、わたしの無くなつてゆくことをはつきりとあきらめてゐるのだらうか。ああ、しかし、もうどちらにしても同じことのやうだ。

〈更にもう一つの声が〉

……わたしはあのとき殺されかかつたのだが、ふと奇蹟的に助かつて、ふとリズムを発見したやうな気がした。リズムはわたしのなかから湧きだすと、わたしの外にあるものがすべてリズムに化してゆくので、わたしは一秒ごとに熱狂しながら、一秒ごとに冷却してゆくやうな装置になつた。わたしは地上に落ちてゐたヴアイオリンを拾ひあげると、それを弾きながら歩いてみたが、わたしの霊感は緊張しながら遅緩し、痙攣しながら流動し、どこへどう伸びてゆくのかわからなくなる。わたしは詩のことも考へてみる。わたしにとつて詩は、(詩はわななく指で　みだれ　みだれ　細い文字の　こころのうづき)だが、わたしにとつて詩は、(詩は情緒のなかへ崩れ墜ちることではない、きびしい稜角をよぢのぼらうとする意志だ)わたしは人波のなかをはてしなくはてしなくさまよつてゐるやうだ。わたしが発見したとおもつたのは衝動だつたのかしら、わたしをさまよはせてゐるのは痙攣なのだらうか。まだわたしは原始時代の無数の痕跡のなかで迷ひ歩いてゐるやうだつた。

〈更にもう一つの声が〉

……わたしはあのとき死んでしまつたが、ふとどうしたはずみか、また地上によびもどされてゐるやうだ。あれから長い長い年月が流れたかとおもふと、青い青い風の外套、白い白い雨の靴……。帽子？　帽子はわたしには似合はなかつた。生き残つた人間はまたぞろぞろと歩いてゐた。長い長い年月が流れたかとおもつたのに。街の鈴懸は夏らしく輝き、人の装ひはいぢらしくなつてゐた。ある日、突然、わたしの歩いてゐる街角でパチンと音と光が炸裂した。雷鳴なのだ。忽ち雨と風がアスフアルトの上をザザザと走りまはつた。走り狂ふ白い烈しい雨脚を美しいなとおもつてわたしはみとれた。みとれてゐるうちに泣きたくなるほど烈しいものを感じだした。あのなかにこそ、あのなかにこそ、とわたしはあのなかに飛込んでしまひたかつた。だが、わたしは雨やどりのため、時計店のなかに這入つて行つた。ガラスの筒のなかに奇妙な置時計があつた。時計の上にくつついてゐる小さな鳥の玩具が一秒毎に向を変へて動いてゐる。わたしはその鳥をぼんやり眺めてゐると、ふと、望みにやぶれた青年のことがおもひうかんだ。人の世の望みに破れて、かうして、くるくると動く小鳥の玩具をひとりぼんやり眺めてゐる青年のことが……。だが、わたしはどうしてそんなことを考へてゐるのか。わたしも望みに破れた人間らしい。わたしには息子はない、妻もない。わたしは白髪の老教師なのだが。もしわたしに息子があるとすれば、それは沙漠に生き残つてゐる一匹の蜥蜴らしい。わたしはその息子のために、あの置時計を購つてやりたかつた。息子がそいつをパタンと地上に叩きつける姿が見たかつたのだ。

…………………

　声はつぎつぎに僕に話しかける。雑沓のなかから、群衆のなかから、頭のなかから、僕のなかから。どの声もどの声も僕のまはりを歩きまはる。どの声もどの声も救ひはないのか、救ひはないのかと繰返してゐる。その声は低くゆるく群盲のやうに僕を押してくる。押してくる。押してくる。

さうだ、僕は何年間押されとほしてゐるのか。僕は僕をもつとはつきりたしかめたい。しかし、僕はもう僕を何度も何度もたしかめたはずだ。今の今、僕のなかには何があるのか、救ひか？　救ひはないのか救ひはないのかと僕は僕に回転してゐるのか。回転して押されてゐるのか。それが僕の救ひか。違ふ。絶対に違ふ。僕は僕にきつぱりと今云ふ。僕は僕に飛びついても云ふ。

……救ひはない。

僕は突離された人間だ。還るところを失つた人間だ。突離された人間に救ひはない。還るところを失つた人間に救ひはない。

では、僕はこれで全部終つたのか。僕のなかにはもう何もないのか。僕は回転しなくてもいいのか。僕は存在しなくてもいいのか。違ふ。それも違ふ。僕は僕に飛びついても云ふ。

……僕にはある。

僕にはある。僕にはある。僕にはまだ嘆きがあるのだ。僕にはある。僕にはある。僕にはある。僕には一つの嘆きがある。僕にはある。僕にはある。僕には無数の嘆きがある。

一つの嘆きは無数の嘆きと結びつく。無数の嘆きは一つの嘆きと鳴りひびく。僕は僕に鳴りひびく。鳴りひびく。鳴りひびく。嘆きは僕と結びつく。僕は結びつく。僕は無数と結びつく。鳴りひびく。無数の嘆きは鳴りひびく。鳴りひびく。一つの嘆きは鳴りひびく。鳴りひびく。一つの嘆きは無数のやうに。結びつく、一つの嘆きは無数のやうに。一つのやうに、無数のやうに。鳴りひびく。結びつく。嘆きは嘆きに鳴りひびく。嘆きのかなた、嘆きのかなた、嘆きのかなたまで、鳴りひびき、結びつき、一つのやうに、無数のやうに……。

一つの嘆きよ、僕をつらぬけ。無数の嘆きよ、僕をつらぬけ。僕をつらぬくものは僕をつらぬけ。僕をつらぬくものは僕をつらぬけ。嘆きよ、嘆きよ、僕をつらぬけ。……戻つて来た、戻つて来た、僕の歌ごゑが僕にまた戻つて来た。これは僕の錯乱だらうか。これは僕の無限回転だらうか。だが、戻つて来るやうだ、戻つてくるやうだ。何かが今しきりに戻つて来るやうだ。僕のなかに僕のすべてが……。僕はだんだん爽やかに人心地がついてくるやうだ。僕が生活してゐる場がどうやらわかつてくるやうだ。僕は群衆のなかをさまよひ歩いてばかりゐるのではないやうだ。僕は頭のなかをうろつき歩いてばかりゐるのでもないやうだ。久しい以前から僕は踏みはづした、ふらふらの宇宙にばかりゐるのでもないやうだ。久しい以前から、既に久しい以前から、鎮魂歌を書かうと思つてゐるやうなのだ。鎮魂歌を、鎮魂歌を、僕のなかに戻つてくる鎮魂歌を……。

僕は街角の煙草屋で煙草を買ふ。僕は突離された人間だ。だが殆ど毎朝のやうにここで煙草を買ふ。僕は煙草をポケツトに入れてロータリを渡る。鋪道を歩いて行く。鋪道にあふれる朝の鎮魂歌……。僕がいつも行く外食食堂の前にはいつものやうに靴磨屋がゐる。鋪道の細い空地には鶏を入れた箱、箱のなかで鶏が動いてゐる。いつものやうに何もかもある。電車が、自動車が、さまざまの音響が、屋根の上を横切る燕が、通行人が、商店が、いつものやうに何もかも存在する。僕は還るところを失つた人間。だが僕の嘆きは透明になつてゐる。何も彼も存在する。僕でないものの存在が僕のなかに透明に映つてくる。それは僕のなかを突抜けて向側へ飜つて行く。向側へ、向側へ、無限の彼方へ……、流れてゆく。なにもかも流れてゆく。素直に静かに、流れてゆくことを気づかないで、いつもいつも流れてゆく。僕のまはりにある無数の雑音、無数の物象、めまぐるしく、めまぐるしく、動きまはるものたち、それらは静かに、それらは素直に、無限のかなたで、ひびきあひ、結びつき、流れてゆくことを気づかないで、いつもいつも流れてゆく。書店の飾窓の新刊書、カバンを提げた男、店頭に置かれてゐる鉢植の酸漿、……あらゆるものが無限のかなたで、ひびきあひ、結びつき、ひそかに、ひそかに、もつとも美しい、もつとも優しい囁きのやうに。僕はいつも行く喫茶店に入り椅子に腰を下ろす。いつもゐる少女は、いつものやうに僕が黙つてゐても珈琲を運んでくる。僕は剝ぎとられた世界の人間。だが、僕はゆつくり煙草を吸ひ珈琲を飲む。僕のテーブルの上の花瓶に活けられてゐる白百合の花。僕のまはりの世界は剝ぎとられてはゐない。僕のまはりのテーブルの見知らぬ人たちの話声、店の片隅のレコードの音、僕が腰を下ろしてゐる椅子のすぐ後の扉を通過する往来の雑音。自転車のベルの音。剝ぎとられてゐない懐しい世界が音と形に充満してゐる。それらは僕の方へ流れてくる。僕を突抜けて向側へ移つてゆく。透明な無限の速度で向側へ向側へ向側へ無限のかなたへ。剝ぎとられてゐない世界は生活意欲に充満してゐる。人間のいとなみ、日ごとのいとなみ、いとなみの存在、……それらは音と形に還元されていつも僕のなかを透明に横切る。それらは無限の速度で、静かに素直に、無限のかなたで、ひびきあひ、むすびつき、流れてゆく、憧れのやうにもつとも激しい憧れのやうに、祈りのやうに、もつとも切なる祈りのやうに。

それから、交叉点にあふれる夕の鎮魂歌……。僕はいつものやうに濠端を散歩して、静かな、かなしい物語を夢想してゐる。静かな、かなしい物語は靴音のやうに僕を散歩させてゆく。それから僕はいつものやうに雑沓の交叉点に出てゐる。いつものやうに無数の人間がそはそは動き廻つてゐる。いつものやうにそこには電車を待つ群衆が溢れてゐる。彼等は帰つて行くのだ。みんなそれぞれ帰つてゆくらしいのだ。一つの物語を持つて。一つ一つ何か懐しいものを持つて。僕は還るところを失つた人間、剝ぎとられた世界の人間。だが僕は彼等のために祈ることだつてできる。僕は祈る。（彼等の死が成長であることを。その愛が持続であることを。彼等が孤独ならぬことを。情欲が眩惑でなく、狂気であまり烈しからぬことを。バランスと夢に恵まれることを。神に見捨てられざることを。彼等の役人が穏かなることを。花に涙ぐむことを。彼等がよく笑ひあふ日を。戦争の絶滅を。）彼等はみんな僕の眼の前を通り過ぎる。彼等はみんな僕のなかを横切つてゆく。四つ角の破れた立看板の紙が風にくるくる舞つてゐる。それも横切つてゆく。僕のなかを、透明のなかを。無限の速度で、憧れのやうに、祈りのやうに、静かに、素直に、無限のかなたで、ひびきあふため、結びつくため……。

それから夜。僕のなかでなりひびく夜の歌。

生の深みに、……僕は死の重みを背負ひながら生の深みに……。死者よ、死者よ、僕をこの生の深みに沈め導いて行つてくれるのは、おんみたちの嘆きのせゐだ。日が日に積み重なり時間が時間と隔たつてゆき、遥かなるものは、もう、もの音もしないが、ああ、この生の深みより、あふぎ見る、空間の荘厳さ。幻たちはゐる。幻たちは幻たちは嘗て最もあざやかに僕を惹きつけた面影となつて僕の祈願にゐる。父よ、あなたはゐる、縁側の安楽椅子に。母よ、あなたはゐる、庭さきの柘榴のほとりに。姉よ、あなたはゐる、葡萄棚の下のしたたる朝露のもとに。あんなに美しかつた束の間に嘗ての姿をとりもどすかのやうに、みんな初々しく。

友よ、友よ、君たちはゐる、にこやかに新しい書物を抱へながら、涼しい風の電車の吊革にぶらさがりながら、たのしさうに、そんなに爽やかな姿で。

隣人よ、隣人よ、君たちはゐる、ゆきずりに僕を一瞬感動させた不動の姿で、そんなに悲しく。

そして、妻よ、お前はゐる、殆ど僕の見わたすところに、最も近く最も遥かなところまで、最も切なる祈りのやうに。

死者よ、死者よ、僕を生の深みに沈めてくれるのは……ああ、この生の深みより仰ぎ見るおんみたちの静けさ。

僕は堪へよ、静けさに堪へよ。幻に堪へよ。生の深みに堪へよ。一つの嘆きに堪へよ。無数の嘆きに堪へよ。嘆きよ、嘆きよ、僕をつらぬけ。還るところを失つた僕をつらぬけ。突き離された世界の僕をつらぬけ。

明日、太陽は再びのぼり花々は地に咲きあふれ、明日、小鳥たちは晴れやかに囀るだらう。地よ、地よ、つねに美しく感動に満ちあふれよ。明日、僕は感動をもつてそこを通りすぎるだらう。

心願の国

〈一九五一年　武蔵野市〉

夜あけ近く、僕は寝床のなかで小鳥の啼声をきいてゐる。あれは今、この部屋の屋根の上で、僕にむかつて啼いてゐるのだ。含み声の優しい鋭い抑揚は美しい予感にふるへてゐるのだ。小鳥たちは時間のなかでも最も微妙な時間を感じとり、それを無邪気に合図しあつてゐるのだらうか。僕は寝床のなかで、くすりと笑ふ。今にも僕はあの小鳥たちの言葉がわかりさうなのだ。さうだ、もう少しで、もう少しで僕にはあれがわかるかもしれない。……僕がこんど小鳥に生れかはつて、小鳥たちの国へ訪ねて行つたとしたら、僕は小鳥たちから、どんな風に迎へられるのだらうか。その時も、僕は幼稚園にはじめて連れて行かれた内気な子供のやうに、隅つこで指を嚙んでゐるのだらうか。それとも、世に拗ねた詩人の憂鬱な眼ざしで、あたりをじつと見まはさうとするのだらうか。だが、駄目なんだ。そんなことをしようたつて、僕はもう小鳥に生れかはつてゐる。ふと僕は湖水のほとりの森の径で、今は小鳥になつてゐる僕の親しかつた者たちと大勢出あふ。

「おや、あなたも……」

「あ、君もゐたのだね」

　寝床のなかで、何かに魅せられたやうに、僕はこの世ならぬものを考へ耽けつてゐる。僕に親しかつたものは、僕から亡び去ることはあるまい。死が僕を攫つて行く瞬間まで、僕は小鳥のやうに素直に生きてゐたいのだが……。

　今でも、僕の存在はこなごなに粉砕され、はてしらぬところへ押流されてゐるのだらうか。僕がこの下宿へ移つてからもう一年になるのだが、人間の孤絶感も僕にとつては殆ど底をついてしまつたのではないか。僕にはもうこの世で、とりすがれる一つかみの藁屑もない。だから、僕には僕の上にさりげなく覆ひかぶさる夜空の星々や、僕とはなれて地上に立つてゐる樹木の姿が、だんだん僕の位置と接近して、やがて僕と入替つてしまひさうなのだ。どんなに僕が今、零落した男であらうと、どんなに僕の核心が冷えきつてゐようと、あの星々や樹木たちは、もつと、はてしらぬものを湛へて、毅然としてゐるではないか。……僕は自分の星を見つけてしまつた。ある夜、吉祥寺駅から下宿までの暗い路上で、ふと頭上の星空を振仰いだとたん、無数の星のなかから、たつた一つだけ僕の眼に沁み、僕にむかつて頷いてゐてくれる星があつたのだ。それはどういふ意味なのだらうか。だが、僕には意味を考へる前に大きな感動が僕の眼を熱くしてしまつたのだ。

　孤絶は空気のなかに溶け込んでしまつてゐるやうだ。眼のなかに塵が入つて睫毛に涙がたまつてゐたお前……。指にたつた、ささくれを針のさきで、ほぐしてくれた母……。些細な、あまりにも些細な出来事が、誰もゐない時期になつて、ぽつかりと僕のなかに浮上つてくる。……僕はある朝、歯の夢をみてゐた。夢のなかで、死んだお前が現れて来た。

「どこが痛いの」

と、お前は指さきで無造作に僕の歯をくるりと撫でた。その指の感触で目がさめ、僕の歯の痛みはとれてゐたのだ。

　うとうとと睡りかかつた僕の頭が、一瞬電撃を受けて、ヂーンと爆発する。がくんと全身が痙攣した後、後は何ごともない静けさなのだ。僕は眼をみひらいて自分の感覚をしらべてみる。どこにも異状はなささうなのだ。それだのに、さつき、さきほどはどうして、僕の意志を無視して僕を爆発させたのだらうか。あれはどこから来る。あれはどこから来るのだ？　だが、僕にはよくわからない。……僕のこの世でなしとげなかつた無数のものが、僕のなかに鬱積して爆発するのだらうか。それとも、あの原爆の朝の一瞬の記憶が、今になつて僕に飛びかかつてくるのだらうか。僕にはよくわからない。僕は広島の惨劇のなかでは、精神の何の異状もなかつたとおもふ。だが、あの時の衝撃が、僕や僕と同じ被害者たちを、いつかは発狂ささうと、つねにどこかから覘つてゐるのであらうか。

　ふと僕はねむれない寝床で、地球を想像する。夜の冷たさはぞくぞくと僕の寝床に侵入してくる。僕の身躰、僕の存在、僕の核心、どうして僕は今こんなに冷えきつてゐるのか。僕は僕を生存させてゐる地球に呼びかけてみる。すると地球の姿がぼんやりと僕のなかに浮かぶ。哀れな地球、冷えきつた大地よ。だが、それは僕のまだ知らない何億万年後の地球らしい。僕の眼の前には再び仄暗い一塊りの別の地球が浮んでくる。その円球の内側の中核には真赤な火の塊りがとろとろと渦巻いてゐる。あの鎔鉱炉のなかには何が存在するのだらうか。まだ発見されない物質、まだ発想されたことのない神秘、そんなものが混つてゐるのかもしれない。そして、それらが一斉に地表に噴きだすとき、この世は一たいどうなるのだらうか。人々はみな地下の宝庫を夢みてゐるのだらう、破滅か、救済か、何とも知れない未来にむかつて……。

だが、人々の一人一人の心の底に静かな泉が鳴りひびいて、人間の存在の一つ一つが何ものにようても粉砕されない時が、そんな調和がいつかは地上に訪れてくるのを、僕は随分昔から夢みてゐたやうな気がする。

ここは僕のよく通る踏切なのだが、僕はよくここで遮断機が下りて、しばらく待たされるのだ。電車は西荻窪の方から現れたり、吉祥寺駅の方からやつて来る。電車が近づいて来るにしたがつて、ここの軌道は上下にはつきりと揺れ動いてゐるのだ。しかし、電車はガーッと全速力でここを通り越す。僕はあの速度に何か胸のすくやうな気持がするのだ。全速力でこの人生を横切つてゆける人を僕は羨んでゐるのかもしれない。だが、僕の眼には、もつと悄然とこの線路に眼をとめてゐる人たちの姿が浮んでくる。人の世の生活に破れて、あがいてももがいても、もうどうにもならない場に突落されてゐる人の影が、いつもこの線路のほとりを彷徨つてゐるやうにおもへるのだ。だが、さういふことを思ひ耽けりながら、この踏切で立ちどまつてゐる僕は、……僕の影もいつとはなしにこの線路のまはりを彷徨つてゐるのではないか。

僕は日没前の街道をゆつくり歩いてゐたことがある。ふと青空がふしぎに澄み亘つて、一ところ貝殻のやうな青い光を放つてゐる部分があつた。僕の眼がわざと、そこを撰んでつかみとつたのだらうか。しかし、僕の眼は、その青い光がすつきりと立ならぶ落葉樹の上にふりそそいでゐるのを知つた。木々はすらりとした姿勢で、今しづかに何ごとかが行はれてゐるらしかつた。僕の眼が一本のすつきりした木の梢にとまつたとき、大きな褐色の枯葉が枝を離れた。枝を離れた朽葉は幹に添つてまつすぐ滑り墜ちて行つた。そして根元の地面の朽葉の上に重なりあつた。それは殆ど何ものにも喩へやうのない微妙な速度だつた。梢から地面までの距離のなかで、あの一枚の枯葉は恐らくこの地上のすべてを見さだめてゐたにちがひない。……いつごろから僕は、地上の眺めの見をさめを考へてゐるのだらう。ある日も僕は一年前僕が住んでゐた神田の方へ出掛けて行く。すると見憶えのある書店街の雑沓が僕の前に展がる。僕はそのなかをくぐり抜けて、何か自分の影を探してゐるのではないか。とあるコンクリートの塀に枯木と枯木の影が淡く溶けあつてゐるのが、僕の眼に映る。あんな淡い、ひつそりとした、おどろきばかりが、僕の眼をおどろかしてゐるのだらうか。

部屋にじつとしてゐると凍てついてしまひさうなので、外に出かけて行つた。昨日降つた雪がまだそのまま残つてゐて、あたりはすつかり見違へるやうなのだ。雪の上を歩いてゐるうちに、僕はだんだん心に弾みがついて、身裡が温まつてくる。冷んやりとした空気が快く肺に沁みる。(さうだ、あの広島の廃墟の上にはじめて雪が降つた日も、僕はこんな風な空気を胸一杯すつて心がわくわくしてゐたものだ。)僕は雪の讃歌をまだ書いてゐないのに気づいた。スイスの高原の雪のなかを心呆けて、どこまでもどこまでも行けたら、どんなにいいだらう。凍死の美しい幻想が僕をしめつける。僕は喫茶店に入つて、煙草を吸ひながら、ぼんやりしてゐる。バッハの音楽が隅から流れ、ガラス戸棚のなかにデコレイシヨンケーキが瞬いてゐる。僕がこの世にゐなくなつても、僕のやうな気質の青年がやはり、こんな風にこんな時刻に、ぼんやりと、この世の片隅に坐つてゐることだらう。僕は喫茶店を出て、また雪の路を歩いて行く。あまり人通りのない路だ。向から跛の青年がとぼとぼと歩いてくる。僕はどうして彼がわざわざこんな雪の日に出歩いてゐるのか、それがぢかにわかるやうだ。(しつかりやつて下さい)すれちがひざま僕は心のなかで相手にむかつて呼びかけてゐる。

我々の心を痛め、我々の咽喉を締めつける一切の悲惨を見せつけられてゐるにもかかはらず、我々は、自らを高めようとする抑圧することのできない本能を持つてゐる。(パスカル)

まだ僕が六つばかりの子供だつた、夏の午後のことだ。家の土蔵の石段のところで、僕はひとり遊んでゐた。石段の左手には、濃く繁つた桜の樹にギラギラと陽の光がもつれてゐた。陽の光は石段のすぐ側にある山吹の葉にも洩れてゐた。が、僕の屈んでゐる石段の上には、爽やかな空気が流れてゐるのだつた。何か僕はうつとりとした気分で、花崗石の上の砂をいぢくつてゐた。ふと僕の掌の近くに一匹の蟻が忙しさうに這つて来た。僕は何気なく、それを指で圧へつけた。と、蟻はもう動かなくなつてゐた。暫くすると、また一匹、蟻がやつて来た。僕はまたそれを指で捻り潰してゐた。蟻はつぎつぎに僕のところへやつて来るし、僕はつぎつぎにそれを潰した。だんだん僕の頭の芯は火照り、無我夢中の時間が過ぎて行つた。僕は自分が何をしてゐるのか、その時はまるで分らなかつた。が、日が暮れて、あたりが薄暗くなつてから、急に僕は不思議な幻覚のなかに突落されてゐた。僕は家のうちにゐた。が、僕は自分がどこにゐるのか、わからなくなつた。ぐるぐると真赤な炎の河が流れ去つた。すると、僕のまだ見たこともない奇怪な生きものたちが、薄闇のなかで僕の方を眺め、ひそひそと静かに怨じてゐた。（あの朧気な地獄絵は、僕がその後、もう一度はつきりと肉眼で見せつけられた広島の地獄の前触れだつたのだらうか。）

僕は一人の薄弱で敏感すぎる比類のない子供を書いてみたかつた。一ふきの風でへし折られてしまふ細い神経のなかには、かへつて、みごとな宇宙が潜んでゐさうにおもへる。

心のなかで、ほんたうに微笑めることが、一つぐらゐはあるのだらうか。やはり、あの少女に対する、ささやかな抒情詩だけが僕を慰めてくれるのかもしれない。U……とはじめて知りあつた一昨年の真夏、僕はこの世ならぬ心のわななきをおぼえたのだ。それはもう僕にとつて、地上の別離が近づいてゐること、急に晩年が頭上にすべり落ちてくる予感だつた。いつも僕は全く清らかな気持で、その美しい少女を懐しむことができた。いつも僕はその少女と別れぎはに、雨の中の美しい虹を感じた。それから心のなかで指を組み、ひそかに彼女の幸福を祈つたものだ。

また、暖かいものや、冷たいものの交錯がしきりに感じられて、近づいて来る「春」のきざしが僕を茫然とさせてしまふ。この弾みのある、軽い、やさしい、たくみな、天使たちの誘惑には手もなく僕は負けてしまひさうなのだ。花々が一せいに咲き、鳥が歌ひだす、眩しい祭典の予感は、一すぢの陽の光のなかにも溢れてゐる。すると、なにかそはそはして、ぢつとしてゐられないものが、心のなかでゆらぎだす。滅んだふるさとの街の花祭が僕の眼に見えてくる。死んだ母や姉たちの晴着姿がふと僕のなかに浮かぶ。それが今ではまるで娘たちか何かのやうに可憐な姿におもへてくるのだ。詩や絵や音楽で讃へられてゐる「春」の姿が僕に囁きかけ、僕をくらくらさす。だが、僕はやはり冷んやりしてゐて、少し悲しいのだ。

　あの頃、お前は寝床で訪れてくる「春」の予感にうちふるへてゐたのにちがひない。死の近づいて来たお前には、すべてが透視され、天の灝気はすぐ身近かにあつたのではないか。あの頃お前が病床で夢みてゐたものは何なのだらうか。

　僕は今しきりに夢みる、真昼の麦畑から飛びたつて、青く焦げる大空に舞ひのぼる雲雀の姿を……。（あれは死んだお前だらうか、それとも僕のイメージだらうか）雲雀は高く高く一直線に全速力で無限に高く高く進んでゆく。そして今はもう昇つてゆくのでも墜ちてゆくのでもない。ただ生命の燃焼がパッと光を放ち、既に生物の限界を脱して、雲雀は一つの流星となつてゐるのだ。（あれは僕ではない。だが、僕の心願の姿にちがひない。一つの生涯がみごとに燃焼し、すべての刹那が美しく充実してゐたなら……。）

佐々木基一への手紙

　ながい間、いろいろ親切にして頂いたことを嬉しく思ひます。僕はいま誰とも、さりげなく別れてゆきたいのです。妻と死別れてから後の僕の作品は、その殆どすべてが、それぞれ遺書だつたやうな気がします。

　岸を離れて行く船の甲板から眺めると、陸地は次第に点のやうになつて行きます。僕の文学も、僕の眼には点となり、やがて消えるでせう。

　去年、遠藤周作がフランスへ旅立つた時の情景を僕は憶ひ出します。マルセイユ号の甲板から彼はこちらを見下ろしてゐました。桟橋の方で僕と鈴木重雄とは冗談を云ひながら、出帆前のざわめく甲板を見上げてゐたのです。と、僕にはどうも遠藤がこちら側にゐて、やはり僕たちと同じやうに甲板を見上げてゐるやうな気がしたものです。

　では御元気で……。

U……におくる悲歌

濠端の柳にはや緑さしぐみ
雨靄につつまれて頬笑む空の下

水ははつきりと　たたずまひ
私のなかに悲歌をもとめる

すべての別離がさりげなく　とりかはされ
すべての悲痛がさりげなく　ぬぐはれ
祝福がまだ　ほのぼのと向に見えてゐるやう
　　に
私は歩み去らう　今こそ消え去つて行きたい
　のだ
透明のなかに　永遠のかなたに

魔のひととき

魔のひととき

尾花の白い幻や　たれこめた靄が
もう　今にも滴り落ちさうな
冷えた涙のわきかへる　わきかへる

この魔のひとときよ
とぼとぼと坂をくだり径をゆけば
人の世は声をひそめ

キラキラとゆらめく泉
笑まひ泣く　あえかなる顔

外食食堂のうた

毎日毎日が僕は旅人なのだらうか
驟雨のあがつた明るい窓の外の舗道を
外食食堂のテーブルに凭れて　僕はうつとりと眺
　めてゐる

僕を容れてくれる軒が何処にもないとしても
かうしてテーブルに肘をついて憩つてゐる
昔、僕はかうした身すぎを想像だにしなかつた
明日、僕はいづこの巷に斃れるのか
今、ガラス窓のむかふに見える街路樹の明るさ

讃歌

濠端の舗道に散りこぼれる槐の花
都に夏の花は満ちあふれ心はうづくばかりに憧れる

まだ邂合したばかりなのに既に別離の悲歌をおもはねばならぬ私
「時」が私に悲しみを刻みつけてしまつてゐるから

おんみへの讃歌はもの静かにつづられる

おんみ最も美しい幻
きはみなき天をくぐりぬける一すぢの光
破滅に瀕せる地上に奇蹟のやうに存在する

おんみの存在は私にとつて最も痛い

死が死をまねき罪が罪を深めてゆく今
一すぢの光はいづこへ突抜けてゆくか

感涙

まねごとの祈り終にまことと化するまで、
つみかさなる苦悩にむかひ合掌する。
指の間のもれてゆくかすかなるものよ、
少年の日にもかく涙ぐみしを。

おんみによつて鍛へ上げられん、
はてのはてまで射ぬき射とめん、
両頬をつたふ涙　水晶となり
ものみな消え去り　あらはなるまで。

ガリヴァの歌

必死で逃げてゆくガリヴァにとつて
巨大な雲は真紅に灼けただれ
その雲の裂け目より
屍体はパラパラと転がり墜つ
轟然と惘然と宇宙は沈黙す

されど後より後より追まくつてくる
ヤーフどもの哄笑と脅迫の爪
いかなればかくも生の恥辱に耐へて
生きながらへん　と叫ばんとすれど
その声は馬のいななきとなりて悶絶す

家なき子のクリスマス

主よ、あはれみ給へ　家なき子のクリスマスを
今　家のない子はもはや明日も家はないでせう
　そして
今　家のある子らも明日は家なき子となるでせう
あはれな愚かなわれらは身と自らを破滅に導き
破滅の一歩手前で立ちどまることを知りません
明日　ふたたび火は空より降りそそぎ
明日　ふたたび人は灼かれて死ぬでせう
いづこの国も　いづこの都市も　ことごとく滅び
　るまで
悲惨はつづき繰り返すでせう
あはれみ給へ　あはれみ給へ　破滅近き日の
その兆に満ち満てるクリスマスの夜のおもひを

碑銘

遠き日の石に刻み
　　砂に影おち
崩れ墜つ　天地のまなか
一輪の花の幻

風景

水のなかに火が燃え
夕靄のしめりのなかに火が燃え
枯木のなかに火が燃え
歩いてゆく星が一つ

悲歌

濠端の柳にはや緑さしぐみ
雨靄につつまれて頬笑む空の下

水ははつきりと　たたずまひ
私のなかに悲歌をもとめる

すべての別離がさりげなく　とりかはされ
すべての悲痛がさりげなく　ぬぐはれ
祝福がまだ　ほのぼのと向に見えてゐるやうに

私は歩み去らう　今こそ消え去つて行きたいのだ
透明のなかに　永遠のかなたに

解説

原民喜の死と作品

藤島宇内

原さんが自殺したとき、二人の目撃者がいたことは、事件の数日後、私の耳にはいった。その目撃した現場のありさまは、次のようなものであった。この引用のうち、「私」とは私自身のことである。

「あの事件のあった夜、十一時半頃？　に、私は吉祥寺の駅で電車を待っていた。原さんが近くの線路に横たわっていることを知るほどの勘は持ちあわせていなかった。私が考えていたのは自分のことだけで、ひとり憂鬱に落ちていたにすぎない。空は寒く真暗だった。

原さんは、下宿から十五分ばかりはなれた吉祥寺駅近くの小さな飲み屋で、ひとりで少し酒をのみ、店の女の人相手に冗談などを言って遊び、やがて有り金をすっかりはたいてから、そこを出て、西荻窪の方へ向かい、とぼとぼと歩いていったらしい。

ちょうどその頃、ある二十歳《はたち》くらいの娘さんが、同じ年くらいの娘さんの家へゆくために、二人でつれ立って、西荻窪から吉祥寺へも行くことのできる線路近くの低い路をあるいていたという。そして一人の男とすれちがった。夜中ではあるし、前屈みにふらふらと歩いている様子が妙に気味が悪かったので、二人とも思わずふり返ってみた。するとその男も、こちらをふり向いてじっと見る様子だったが、また前を向いてあるき出し、そのまま線路の方へ登っていった。そして横になるのが見えた。二人は、なにをするのだろう、と不思議に思ってそれを見ていたのだが、やがてハッと気がつくと、恐ろしさに声が出なくなり、足が竦んで動けなくなった。間もなく電車が来た時、一瞬、男の身体は車輪の向うに見えなくなったので、あ、助かった、と感じた。線路と線路の間に身体がはいったように見えたのだ。だが次の瞬間、くしゃくしゃになって引きずられる身体が現われるのを見た。

しばらくの間、二人は足がふるえてあるくことができなかった。もし一人だったら立っていることもできなかったろうという。そのまま夢中で、それぞれの家へ逃げ帰ってしまった。そして最期に見つめられたことに長いことおびえつづけていた。」（藤島宇内「悲歌」・一九五一年七月号「三田文学」原民喜追悼特集所載）

この二人の若い女性は、その目撃したことを警察にも知らせなかったのである。私とはなんのかかわりもない女性たちだったのに、どういうわけか、その体験談だけが、まもなく人づてに私の耳に伝わってきたのも不気味なことだったと思う。

私にあてた遺書から判断すると、原さんは私が自殺のあと始末をするのが当然と考えていたようにみえる。その一年半ほど前に、原さんは、書くことがなくなったら自殺する意志があることを私に告げていたし、私がそれを真に受けていることも原さんは知っていた、ということは、次の文章をみればわかるのだが、私は原さんが一九四九年にこんな文章をどこかの新聞にのせていたことを、一九六五年に『原民喜全集』第二巻（芳賀書店版）が出るまで知らなかったのである。

「私は私の書きたいものだけ書き上げたら早くあの世に行きたい。と、こんなことを友人に話したところ、奥野信太郎さんから電話がかかつて来た。『死んではいけませんよ、死んでは。元気を出しなさい』

私が自殺でもするのかと気づかはれたのだが、私についてそんなに心配して頂けたのはうれしかつた。

『私はまるでどことも知れぬ所へゆく為に、無限の孤独のなかを横切つてゐる様な気がします。私自身が沙漠であり、同時に旅人であり、駱駝なのです』と、作品を書くことのほかに何も人生から期待してゐないフローベールの手紙は私の心を鞭打つ。

昔から、逞しい作家や偉い作家なら、ありあまるほどゐるやうだ。だが、私にとつて、心惹かれる懐しい作家はだんだん少なくなつて行くやうだ。私が流転のなかで持ち歩いてゐる『マルテの手記』の余白に、近頃かう書き込んでおいた。昭和廿四年秋、私の途は既に決定されてゐるのではあるまいか。荒涼に耐へて、一すぢ懐しいものを滲じますことができれば何も望むところはなささうだ。」（原民喜「沙漠の花」・一九四九年秋、どこかの新聞にのせたのを本人が切りぬいておいたもの）

「奥野信太郎さん」は慶応大学文学部教授で中国文学研究の大家。軍隊から帰って経済学部に復学していた私を「三田文学」の編集をしていた原さんに紹介してくれた人がこの奥野さんだった。

「私の書きたいものだけ書き上げたら早くあの世に行きたい」という言葉は、新聞にのせた文章であるために変形されているのであって、実際に原さんが私にいった言葉は「書くことがなくなったら、死ぬよ」というはっきりした意思表示だったのだ。

常識に従って、もしも、原さんが生きのびられるように周囲の者が努力することこそ「善」である、というような世間なみの道徳的規準を立てるとしたら、「年少の友人」のひとりであった私が、そのように原さんの言葉を真に受けていたことは、その規準に反する「悪」として原さんに作用していた面もあったかもしれないと思う。だが、私は一体どうすればよかったのか。

私にとって、原さんの作品を読むことは、今日ではずいぶん薄らいだとはいえ、まだいくらかはためらいをともなう行為なので、その意味では、私はいまなお原さんの作品の客観的な理解者ではないというべきだろう。

もしも原さんが、私への遺書を早目に書いて投函し、それが自殺以前に私にとどいていたとしたら、実際に私はその自殺をみとどける役割を負わされることになっていたのかもしれない。その場合、私の心理状態はどうなっていたのだろうか。あれから二十七年たった今日まで、私は折にふれてはその問題を反芻してきたのだが、結局のところその疑問が仮定である以上はっきりした答えも出てこない。しかし消すことのできないしこりになっていることは事実である。たしかなことは、常識的な「善」の規準に従って、間に合うものならその自殺をとめようとして飛んでいったにちがいないということだけだ。その結果がどうなったにしても、それでは原さんが周到な手間ひまをかけてみずから満足できるように演出した自殺という「作品」の完璧性はそこなわれたであろう。

あれは事件の一カ月ぐらい前だったかと思う。私は東京神田の能楽書林を訪ねた（そこには丸岡明さんが住んでおり、原さんも吉祥寺へ移る前まではその建物の一部屋に下宿して丸岡さんとともに「三田文学」の編集をしていたのである）。そのとき、私が訪ねる少し前に原さんがひょっこりやってきて、私が能楽書林から自費出版するつもりでいた詩集のことを話題にしたときいた。私は、これはどうもあぶないと感じて、その日の夕方、吉祥寺の原さんの下宿している家を訪ねた。途中で豚のレバーを買って持っていったが、これは、栄養でもつけて元気を出してください、とでもいうつもりだったのである。しかし原さんは留守だった。

あとになってわかったことだが、その当時、原さんは友人の家を一軒一軒訪ねあるいて、相手にはわからなくても原さん自身の心の中で別れを告げていたので、その日もやはり誰かの家を訪ねるために出かけていたのだろうと思う。

原さんは十何通かの遺書を私をふくむ友人たちにあてて書いたのだが、一通も投函せず、まとめて机の上においたまま外出し、線路に横たわってしまったのである。恐らく、最期にそれらの遺書という作品を書きあげることによって、もはや現実の世界への原さんの働きかけは終っていたので、それ以上、切手をはってポストに投函するという作業をする意志はなくなっていたのだろう。そのあと、残っていたのは、自分のからだをみずから抹殺するという方法によってえがきだす自殺という「作品」によって、表現を完結し、終ることのない「遥かな旅」へ、とぼとぼと出発することだけであった。

警察が身もとの確認に手間どったためだろう。知らせをうけて、現場に近いあたりに住んでいた友人たち（鈴木重雄氏、庄司総一氏、いずれも作家）がかけつけたのは、十四日の明け方であった。

「原民喜さんの自殺された朝五時、中央線の西荻窪の鉄道線路に私と夫鈴木重雄は、飛んでいった。原さんは筵の下で、その姿は見えなかった。私は恐しくて、見る事が出来なかった。」（望月優子「原さんは生きているべきでした！」・芳賀書店版『原民喜全集』第二巻折り込み所載）

もちろん、自殺したのが朝五時、というのは記憶ちがいである。

「『原さんが、自殺をなさったさうよ』、妻にゆり起されたのは、九時近くだった。『鈴木さんからの電話で、まだ切ってないから、起きて下さい。』

疲れて寝入ってゐる私は、何を今頃になって莫迦な、とふと思った。原民喜が自殺をするかも知れないと云ふことは、既に周囲の者が皆感じてゐたことだった。しかし眼が覚めると、私ははっとして飛び起きた。妻は鏡のついた整理箪笥に、顔を伏せて泣いてゐた。

電話口に出ると、鈴木重雄は原君の自殺のことをもう一度告げ、今西荻窪の駅長室にゐると云った。遺骸のある現場には、まだ検屍もすまないので庄司総一君が見張りについていてくれてゐると云った。」（丸岡明「原爆と原民喜の死」・一九五一年七月号「三田文学」原民喜追悼特集所載）

「原君の体は、正午過ぎまで、ひかれた場所に置かれてあった。前夜からずっと、国鉄の保線係りと巡査とが、焚火をしてついてゐてくれた。庄司総一君も六時からそこにゐた。検屍が遅れ、葬儀屋が手間取ったためである。死体は、腰部と片方の脚が切断され、後頭部が砕かれたやうだった。極度に自動車などを怖れてゐた原民喜が、こんな乱暴な方法を選んだのは、余程考へての末であったらう。」（同前）

私が事件発生を知ったのは、その日、また能楽書林へいったときである。丸岡さんがいま現場へいっているということだった。

その瞬間、私の胸にはもって行き場のない怒りがむらむらとこみ上げてきていた。

あれから二十七年たった今日、現場にかけつけた少数の友人のうち、丸岡明、庄司総一、望月優子（女優）といった人々はすでにこの世にいない。

ただ、あのとき私が感じたやり場のない怒りは、まだ私のどこかにかすかに残っていて、原さんについて考えるたびに頭をもたげてくるのである。

＊　＊　＊

原民喜の作品について論ずることは原民喜の人間について論ずることでもある。そういうことになってしまうのが原民喜の作品である。原民喜の創作活動は、自分自身の身のまわりの人や事物に反応して生起した「念想」

（原民喜独特の用語）にかぎりない愛惜と執着をもって、たしかにそれが実在したことを証しするために、言葉と文字をもって精密に記しとどめたものである。その「念想」を想像力で発展させ飛躍させ、まとまりのある作品に仕上げるという作業を安定した生活の中で活潑に行なうことができたのは、貞恵夫人との結婚から彼女の発病までの数年間にすぎない。筋書きのある物語を構築することがついになかったのは、単に行動力のなさ、取材力のなさによるというよりも、根本的にはそういう作業を行なう意欲のなさに原因があったのだろう。原民喜の人間をえがこうとする意欲の中心は自分自身と、自分を守り育ててくれた人々や風景と、自分を押しつぶそうとした人々や事物におかれていた。その意欲はなみはずれた強いもので、その叙述はふつうの人間ならば記憶にないような幼児のあえかにこまやかな幻想めいた経験から四十六年の生涯の最期にいたるまでを書き切っているのである。いや、最期のさらに先の、肉体をはなれた自分の魂が一つの星となって永遠の彼方へ歩み去ってゆくところまでも想像し、えがいているのである。それが原民喜の生涯をかけた方法論であった。

原民喜は三人の女性を通して社会を知り、その心を形成した。それは妻と姉と母であったが、その三人のえがき方は、それらの女性の個々の全体像をえがくのではなく、もっぱら自分にそそいでくれた愛情、関心を中心においている。その価値判断の基準は、原民喜がその支えなくしては生きられないように感じていたとみられるもの、いわば「純粋母性」とでもいうべきものであったのではないか。

その「純粋母性」への期待は、母との関係では一つの断片的な言葉と接触によって満たされているだけだが、それが唯一の母の「母性」であったという、それがかえってその反面に、原民喜の生涯に影響を及ぼした傷あとがかくされていることを感じさせるのだが、その実態はよくわからない。「雲の裂け目」（一九四七年十二月号「高原」所載）では自分の性格がはなはだしく変化した時期を少年時代の父の死の前後において父と母の関係をえがいているのだが。

原民喜は自分自身への深いいとおしみから、自分で自分の生涯を解明することに大きな意義を見出していた。その自殺さえも、自分自身へのいとおしみをかぎりなく深めていった結果であったという解釈も成り立つのである。

その母から姉へ、そして妻へと見出していった「純粋母性」ともいうべきものの属性についての解説も、他人は原民喜本人の口から聞くのが最も適切なのである。「私は母親の乳房にあつた、赤い小さな、ほくろはおぼえているが、離乳の悲しみははつきり憶い出せない。すぐ下に弟があつたので、おそらく早期に離乳したことであろう。兄弟姉妹の多いなかで育つた私は、母親の愛を独占することはできなかつた。まだ小学校へ上る前のこと、ある日、母は私を背に負つてくれて、『あなたがひとり子だつたら、こうして毎日可愛がつてあげるのに……』といつた。その言葉で、私は何か非常に気持がすつきりした。これは私の生涯において母が私にくれた唯一のラブレターだつた。私は幼にして母の愛の独占ということは諦めた。だが、私には私をもつとも可愛がつてくれる一人の姉がいた。この姉は私が十四の時死んでしまつたが、この人から私は一番決定的な影響を受けているようだ。母は六十二歳で十三年前に死んだ。母親についていえば、世間並の母という以上にとりたてていうほどのこともないが、姉の方は私にとつて、今でもやはり神秘な存在のようにおもえる。二十一歳で死んだ若い姉の面影がほとんど絶えず遠方から私に作用しているようだし、逆境や絶望のどん底に私が叩き落されるとき、いつも叫びかけたくなるのはその人だ。」(「母親について」・一九四九年七月号「教育と社会」所載)

すでに四十数年を生きてきた男性が、「離乳の悲しみは憶い出せない」とか「母の愛を独占することはできなかつた」とかいうことを生涯の重大な問題であるかのように語っているのにはおどろかされるが、これを書いた原民喜が、その二年前には父については次のようなおどろきを述べているのだからおもしろい。

「僕の父は死ぬる半年あまり前に、病気の診断を受けるため、はるばる大阪へ赴いてゐるのだが、その大阪の病院から母へ宛てた手紙が二、三あつた。止むを得ない周囲の事情のため多年宿痾の療養をなほざりにしてゐたことを嘆じながら、診断を受けてみると、もう手遅れかもしれぬと宣告されたときのことだ。何処からも見舞状もやつて来ないし、父はよほど寂しかつたのだらう。それで僕の父は母に対つてかう訴へてゐるのだ。『お前様も漸く一通の見舞状を呉れただけ　その文面にも只驚いたとの事ばかりにて　私の精神とお前様の精神は大変に相違して居るのに今更私も驚く外はない　小児が多くて多忙であらうが毎日はがきなり又二日に一度なり手紙を下さらぬか　病室には只一人で精神の慰安は更にない』

はたして、これが五十を過ぎた男がその妻に送つた手紙なのだらうか、夫婦といふものの微妙さに僕はすつかり驚かされてしまつた。」（「雲の裂け目」）

原民喜は郷里広島の土蔵の中でこの父の手紙を発見すると、すでに故人となった自分の妻に読ませたいと思った。このとき原民喜は、おどろきながらも、父の心にひそんでいた自分と共通する人間の原型質と自分が考えているものを確認したと思ったのではなかろうか。

原民喜が「純粋母性」のもう一つの属性とみなしたのは、自分をいたわりつつ教えみちびき、社会への道を示してくれるやさしく美しい権威であり、それは姉において見出したものであった。

「むかし西洋のある画家が王様から天使の絵を描くことを吩つかつた。公園をあちこちさまよひ歩いてゐるうち、ふと一人の可憐な子供の姿が眼にとまつたので、早速それをモデルにして描いた。その純粋な美しさは忽ち人々の称讃するところとなつた。絵は長らく宮殿に保存された。年久しくして、その画家は王様から悪魔の絵を描けと吩つかつた。牢獄を巡り歩いて、兇悪の相を求め漸くそのモデルになるものを把んだ。こんどの絵は天使の絵にも増して真に迫り、彼は再び絶讃された。モデルにいくぶんの謝意を表するつもりで、その囚人をともなひ宮殿の画廊へつれていつた。

『君のお蔭で悪魔の絵も成功した。見てくれ給へ、これは僕が昔描いた天使の絵なのだが』

画家の指ざす方向にその囚人が眼を凝らすと、その肩が大きく波打ち、やがて顔はうなだれて両手で掩はれてしまつた。

『これは、この絵は私なのだ』

囚人は嗚咽の底からかう呟いた。

これは私が少年の日に死んで行つた姉からきかされた話であつた。何気なく語る姉の言葉がふしぎな感動となつて少年の胸にのこつたのは、死んでゆく人の言葉であつたためであらうか。私には姉がその弟の全生涯にまで影響するやうな微妙な魂の瞬間を把へたことがおそろしくてならない。おそろしいのはあの頃のことが今でも初初しく立返つて来ることだ。私も顔を掩つて、『この絵は私なのだ』と泣きたくなることがある。するとあの話をきいた時の病室の姉の姿がすつきりと見えてくる。美しい姉は私に泣けと云つてゐるのではない。いつもその顔は私を泣くところから起ちあがらせるしなやかな力なのである。」(「愛について」・一九四八年七月号「三田文学」)

その姉は、二十一歳の死に至るまで、原民喜を教えみちびき、勇気を触発してくれた人としてえがかれている。最期に姉の顔をみたのは入院している病院の一室を訪ねたときだったが、そのとき姉は「アダムとイヴの、僕がはじめて聴く創世記の物語」を弟に話している。(「魔のひととき」・一九四九年一月号「群像」所載)

貞恵夫人は、姉と母において原民喜がみた「純粋母性」の二つの属性を兼ねそなえ、しかも妻となる人として原民喜の前にあらわれた。「赤ん坊のやうな人」(「遥かな旅」)はこの妻によって社会への道をひらいてもらう。その後の原民喜が示した創作に生きようとする意欲は、この奇蹟のような妻なしには考えられない。

「嘗て私は死と夢の念想にとらはれ幻想風な作品や幼年時代の追憶を描いてゐた。その頃私の書くものは殆ど誰からも顧みられなかつたのだが、ただ一人、その貧しい作品をまるで狂気の如く熱愛してくれた妻がゐた。その後私は妻と死別れると、やがて広島の惨劇に遭つた。うちつづく悲惨のなかで私と私の文学を支へてゐてくれたのは、あの妻の記憶であつたかもしれない。」(「死と愛と孤独」・一九四九年四月号「群像」所載)

だが現実の妻は、原民喜のあこがれる「純粋母性」そのものではない。妻が夫に夫としての成長を期待し、自分がそれに応じることができないことを自覚するとき、妻の要求がもっともであればあるだけ、原民喜の自分自身に対する絶望は深いものとなる。そういう現象は、妻の元気だった時期にも潜在してはいたのだが、妻の発病後、あからさまにあらわれてくる。そのとき原民喜は、妻が生身の妻であることをいまさらのように理解しないわけにはいかなかった。もともと妻が原民喜の創作をはげまし、みちびき、愛した気持のなかには、夫がその創作によって社会的に成功してほしいという切ない期待がこめられていたのもたしかなことなのだ。だが懸命にはげんだ創作は金銭的収入をもたらしてはいなかった。

「白いカバアの掛つた掛蒲団の上に、小豆色の派手な鹿子絞の羽織がふわりと脱捨ててあるのが、雪の上の落葉のやうにあざやかに眼にうつるが、枕に顔を沈めてゐる妻は、その顔にも何か冴え冴えしたものがあつた。二日まへのことだが、彼はこの部屋が薄暗くなり廊下の方がざわつく頃まで、じつと妻の言葉をきいてゐた。そして、結局しよんぼりと廊下の外へ出て行つた。すると翌日、病院へ使ひに行つた女中が妻の手紙を持つて戻り彼に手渡した。小さく折畳んだ便箋に鉛筆で細かに、こまかな心づかひが満たされてゐた。（あなたがしよんぼりと廊下の方へ出てゆかれた後姿を見送つて、おもはず涙が浮びました。体の方は大丈夫なのでせうね、余計な心配かけて済みませんでした、……）努めて無表情に読過さうとしたが、彼は底の方で疼くやうなものを感じた。

かうした手紙をもらふやうになつたのか——それは彼にとつては、やはり新鮮なおどろきであつた。妻は入院の費用にあてるため、郷里に置いてある箪笥を本家で買ひとつてもらふことを相談した。彼がさびしく同意すると、妻は寝たままで、一頻り彼の無能を云ふのであつた。十年前、嫁入道具の一つとして郷里の土蔵に持込まれたまま、一度も使用されず、その箪笥がひと手に渡るのは彼にとつても身を削がれるやうな気持だつた。だが、身の落目をとりかへすため奮然として闘ふてだてが今あるのだらうか。彼は妻の言葉を聞きながら、薄暗くなつてゆく窓の外をぼんやり眺めてゐた。おぼろな空のむかふに、遥かな、暗い海のはてに、火を吐いて沈んでゆく艟艨や、熱い砂地に晒されてゐる白骨の姿が——それは、はつきりした映像としてではなく、何か凍てついた暗雲のやうにいつも心を翳らせてゐる。それから、何気ない日々のくらしも、彼の周囲はまだ穏かではあつたが、見えない大きな力によつて、刻々に壊されてゐるのではないか。どうにもならない転落の中間に、ぽつんと放り出された二人ではないか。さうおもひながら、あのとき彼は妻にかへす言葉を喪つてゐたのだが……。書斎の椅子にぐつたりとして、彼は女中が持つて帰つた妻の手紙を、その小さな紙片をもとどほりに折畳んだ。悲壮がはじまつてゐた。そしてそれは、ひつそりとしてゐるのであつた。」（「秋日記」・一九四七年四月号「四季」所載）

やがて、妻が死を迎えてその生涯を終えると、それと同時に原民喜の可能性も閉ざされてその一つの生涯も終ってしまい、その日常生活は「魔の影」につつまれる。世界は暗澹たる戦時であり、すべての可能性を失った原民喜の心は、すでに苦役に服する一人の囚人であった。ところが、郷里の広島へ帰って兄の家業を手つだうようになったこの孤独な囚人は、戦争が緊迫の度を加え、原一族の葛藤をはらんだ生活をも次第に破滅に追い込んでゆくにつれて、奇妙にも、比較的健康になり、活動的になり、「或る大きなものの構図」を頭にえがき出すようになり、その都市の破滅を見とどけるつもりになって、毎日、自分の心の中に生きている妻への報告をノートに書きつづけている。

その行きついたはてが原爆の体験であったことは、この孤独な囚人にとっては第二の生涯への道をひらくものであった。なぜなら、その地獄のただ中で、原民喜は、彼自身の絶望の根源であった「純粋母性」を求めて得られぬ幼児性が、じつは人類全体に通ずる人間の原型質――すべての装飾をはぎとられたあとの断末魔の人間の姿に共通しているのだという認識をもつことができるようになったからである。そこには恐るべき自信と精神の昂揚があり、弱い者、たよりない者、死に瀕している者を救うために落ちついて活動し、この未曾有の惨劇をたしかに記録しようという創作意欲までもたぎらせている、かつての原民喜からは想像もできない新しい人間の姿がそこにみられる。囚人はみずからを起ち上がらせる新たな世界に対する認識をえた。かつて姉が語ってくれた幼児と囚人の寓話のなぞを解く意外な鍵がそこにあった。

「僕はお前と死別れたとき、これから既に僕の苦役が始ると知つてゐた。僕は家を畳んだ。広島へ戻つた。あの惨劇がやつて来た。飢餓がつづいた。東京へ出て来た。再び飢餓がつづいた。生存は拒まれつづけた。苦役ははてしなかつた。何のために何のための苦役なのか。わからない、僕にはわからない、僕にはわからないのだ。だが、僕のなかで一つの声がかう叫びまはる。

僕は堪へよ、堪へてゆくことばかりに堪へよ。僕を引裂くすべてのものに、身の毛のよ立つものに、死の叫びに堪へよ。それからもつともつと堪へてゆけよ、フラフラの病ひに、飢ゑのうめきに、魔のごとく忍びよる霧に、涙をそそのかすすべての優しげな予感に、すべての還つて来ない幻たちに……。僕は堪へよ、堪へてゆくことばかりに堪へよ、最後まで堪へよ、身と自らを引裂く錯乱に、骨身を突刺す寂寥に、まさに死のごとき消滅感にも……。それからもつともつと堪へてゆけよ、一つの瞬間のなかに閃めく永遠のイメージにも、雲のかなたの美しき嘆きにも……。

お前の死は僕を震駭させた。病苦はあのとき家の棟をゆすぶつた。お前の堪へてゐたものの巨きさが僕の胸を押潰した。

おんみたちの死は僕を戦慄させた。死狂ふ声と声とはふるさとの夜の河原に木霊しあつた。

真夏ノ夜ノ
河原ノミヅガ
血ニ染メラレテ　ミチアフレ
声ノカギリヲ
チカラノアリツタケヲ
オ母サン　オカアサン
断末魔ノカミツク声
ソノ声ガ
コチラノ堤ヲノボラウトシテ
ムカウノ岸ニ　ニゲウセテユキ

それらの声はどこへ逃げうせて行つたのだらうか。おんみたちの背負されてゐたギリギリの苦悩は消えうせたのだらうか。僕はふらふら歩き廻つてゐる。僕のまはりを歩き廻つてゐる無数の群衆は……僕ではない。僕ではない。僕ではない。僕ではなかつたそれらの声はほんたうに消え失せて行つたのか。それらの声は戻つてくる。僕に戻つてくる。それらの声が担つてゐたものの荘厳さが僕の胸を押潰す。戻つてくる、戻つてくる、いろんな声が僕の耳に戻つてくる。

アア　オ母サン　オ父サン　早ク夜ガアケナイノカシラ

窪地で死悶えてゐた女学生の祈りが僕に戻つてくる。

兵隊サン　兵隊サン　助ケテ

鳥居の下で反転してゐる火傷娘の真赤な泣声が僕に戻つてくる。

アア　誰カ僕ヲ助ケテ下サイ　看護婦サン　先生

真黒な口をひらいて、きれぎれに弱々しく訴へてゐる青年の声が僕に戻つてくる、戻つてくる、戻つてくる、さまざまの嘆きの声のなかから、

ああ、つらい　つらい

と、お前の最後の声が僕のなかできこえてくる。さうだ、僕は今漸くわかりかけて来た。僕がいつ頃から眠れなくなつたのか、何年間僕が眠らないでゐるのか。……あの頃から僕は人間の声の何ごともない音色のなかにも、ふと断末魔の音色がきこえた。面白さうに笑ひあつてゐる人間の声の下から、ジーンと胸を潰すものがひびいて来た。何ごともない普通の人間の顔の単純な姿のなかにも、すぐ死の痙攣や生の割れ目が見えだして来た。いたるところに、あらゆる瞬間にそれらはあつた。人間一人一人の核心のなかに灼きつけられてゐた。人間の一人一人かちいつでも無数の危機や魂の惨劇が飛出しさうになつた。それらはあつた。それらはあつた。それらはあつた。それらはあつた。」（「鎮魂歌」）

起ち上がった囚人は、人々を押し流してゆく満潮の水に飛び込んでそのうちの一人の少女を救いあげている。流れてきた函をひきよせて玉葱をつかみ出し、岸の人々に与えている。片手片足を光線でもぎとられてもがいている男のくちびるに胡瓜の一片を与えている。歩くこともできなくなっている一人の兵士に肩を貸してやり、給湯所から湯をもってきてのませてやる。また別の重傷を負っている兵士に肩を貸してやっている。メンソレータムや繃帯をとりだして、腕を怪我している老人の手あてをしてやる。次兄や妹や女中などといっしょにいる家の者

六人にズルファミン剤をのませる。オートミールの缶をあけて妹に炊かせ、みんなに一杯ずつたべさせてやる。しょんぼりしている隣組長にタバコを吸わせてやる。

三日後に、やっと広島郊外八幡村に避難した囚人は、健康の破壊とすさまじい飢えにさいなまれながら迎えた八月十五日、日本敗戦の頃には猛然と人間に対する興味と期待が湧き上がってくるのを感じるようになっていたのである。肉体的にいえば死は衰弱した囚人のまわり、紙一重のところにあったにもかかわらず、飢えと寒さに戦きながら、農家の二階で、原民喜は「夏の花」を生み出したのである。

少年時代から、原民喜の社会へのもっともたよりになる窓口となっていた「不思議な友人」末田信夫（長光太）から来た、

「新シイ人間ガ生レッツアル　ソレヲ見ルノハ愉シイ早クヤッテキタマヘ」

という誘いの手紙にひきつけられ、「夏の花」の原稿をたずさえて原民喜が上京したのは、一九四六年四月のことだった。だが、東京もまた「飢えと業苦の修羅」の巷であった。

この上京は、新たな「囚人」の境涯へ原民喜をおといれたが、以後、死にいたるまで、この「囚人」は、もはや生身の女性の支えはえられなかったにもかかわらず、「一人の薄弱で敏感すぎる比類のない子供」（「心願の国」・一九五一年五月号「群像」所載）としての自分自身の素質が、人類一般の原型質に通ずる普遍性をもっていることについては自信をもちつづけており、その認識を支えとして、その第二の生涯をひたすら創作にかけたのである。

この第二の生涯の作品では、かつて妻において見出した「純粋母性」にはげまされながら、幼年をえがいたときのように幼年期に同化するというような方法はもはやとらない。あくまでも足場を現在において、第一の生涯と第二の生涯、つまり原民喜の全生涯の本質はなんであったのかを客観的に解明してそれに普遍的な意義を与え、さらに「未来へ架橋する」ことまでも試みるのである。

ここでは、もはや文学作品の形式についての先入観の枠内で小ぢんまりと隅々まで手入れのゆきとどいたものとして作品をまとめることには、ほとんど価値を見出していないようである。そこにあらわれてくるのは定形ではなく破形である。文学作品をつくろうという意識は捨てて、自分の認識した自分自身の本質を、いいたいように、書きたいように、奔放に打ち出すことに主眼をおいた姿勢があらわれているのである。

編集者としての原民喜は、自分自身の本質の価値を認識した眼で、「新しい人間」を発見し、育てようとする貪婪な意欲をもって、多くの作品を精力的に読みあさり、同時代の国の内外の文学動向にもできるかぎり気を配り、評価をくだしている。そのような原民喜の姿には、かつて原爆の地獄において、冷静に自分と自分の周囲に気をくばり、むしろ生き生きと動いてできるだけ多くの人々を助けようとしていた原民喜の姿が二重うつしになってみえる。

だが、屋根の下に住み、食物をたべ、仕事し、本を買い、友と交わる費用を必要とする原民喜の生活は、生と死の危険なはざまをさまよっている「囚人」であるという現実から逃れることはできなかった。

「私は広島の惨劇を体験し、次いで終戦の日を迎えると、その頃から猛然として人間に対する興味と期待が湧き上りました。『新しい人間が生れつつある、それを見るのはたのしいことだ』東京の友人、長光太からそんな便りをもらうと、矢も楯もたまらず無理矢理に私は東京へ出てまいりました。

『新しい人間』を求めようとする気持は今もひきつづいているのですが、それにしても、今ではその気持が少し複雑になつています。何といつても、敗戦直後は人間の悲惨さえ珍しく、それにはそれにつづく漠たる期待もありました。三年を経た今日では人間の生存し得るぎりぎりの限界にまで私は（生活力のない私は）追いつめられています。この手紙を書きながらも、ふと空襲警報下にあるような錯覚と気の滅入りを感じるのもそのためなのでしょう。」「二つの手紙」より（一九四七年十二月八日、佐々木基一あての手紙）

「あれを読みこれを読み、――近頃は私も雑誌の編集をしている関係上、なま原稿だけでも二千枚は読みました――絶えず作家や作品名を賑やかにぐるぐる考えつづけていると、何だかのぼせ気味になつてしまいます。しかし――『たとい、他人がどのように立派なものを書こうと、それが、作家であるお前にとつてどうしたというのだ。他人の作品にばかり見とれてお前の書くものはどうなのか。お前はパスカルの葦ではなかつたのか。極地に身を置き、山嶺に魂を晒し、さゝやかな結晶を遂げようとする作家の祈願は忘れたのか』と、こういう風な声はいつも私のなかで唸りつゞけています。できれば私も十年前のようにひとり静かな田舎で、好きなものだけを読んだり書いたりして暮して いたいのです。だが、現在の私にはそれはとても不可能なことです。現に身を休める部屋さえ得られず、雑沓のなかで文学のことを考えていると、これも吹き晒しの極地にいるおもいです。」(同前)

自分の魂の普遍性を自覚したからといってそれが必ずしも、人間の日常のしがらみをえがくに適しているとはいえない。すべての装飾をはぎとられた原爆の地獄においては、人間がひたすらたよりなく純粋に救いを求めているその原型質に還元されてしまうことは真実であるとしても、人間生活の日常はその原型質とふくざつにからまりあった装飾によって成り立っており、それが人間の文化というものである。それをえがこうとしなければ、創作そのものも多くの可能性を失うことになる。だが、すでに自分の本質の普遍性を自覚した「囚人」は、その本質のみを語ろうとし、それ以外のものを語ることにはもはや価値を感じなくなっていた。原民喜の魂は姉の死、妻の死を媒介に、無数の死者の魂と交響しあうようにみえたが、じつはそれは死にゆく者の嘆きと交響しあったのであり、原民喜の魂の内部に生きている死者の魂と交響しあったのであり、現実に物質と化した死者と交響しあったのではない、ということをもっともよく知っていたのも原民喜自身であった。生と死のはざまにさまよいながら、じつは原民喜自身は生命の方角を向いていたのである。しかし、自分の本質の普遍性を自覚して以来、その事実を解明する以外の文章を売って生活することに価値を見出すことはもはやできなくなっていた。

しかし、それでは商業ジャーナリズムにその意義を理解させて生活の糧を得ることは不可能である。みるにみかねた丸岡明が、女性雑誌に妥協した原稿を売って比較的有利な原稿料をとることができるように世話をしようとしたこともあったが、原民喜は、自分の原稿はそんな雑誌にのせるようなものではないといって、ニベもなく拒否してしまったという事実もある。

「僕は僕をもつとはつきりたしかめたい。しかし、僕はもう僕を何度も何度もたしかめたはずだ。今の今、僕のなかには何があるのか、救ひか？　救ひはないのか救ひはないのかと僕は僕に回転してゐるのか。回転して押されてゐるのか。それが僕の救ひか。違ふ。絶対に違ふ。僕は僕にきつぱりと今云ふ。僕は僕に飛びついても云ふ。

……救ひはない。

僕は突離された人間だ。還るところを失つた人間だ。突離された人間に救ひはない。還るところを失つた人間に救ひはない。

では、僕はこれで全部終つたのか。僕のなかにはもう何もないのか。僕は回転しなくてもいいのか。僕は存在しなくてもいいのか。違ふ。それも違ふ。僕は僕に飛びついても云ふ。

……僕にはある。

僕にはある。僕にはある。僕にはまだ嘆きがあるのだ。僕にはある。僕にはある。僕には一つの嘆きがある。僕にはある。僕にはある。僕には無数の嘆きがある。」

（「鎮魂歌」）

その嘆きとは、死者の嘆きのようでありながら、じつは生ある者に普遍的に通ずる鎮魂歌だったのである。

原民喜は、生ある者へおくる鎮魂歌をうたうために存在するようになる。

朝の街の舗道にあふれる鎮魂歌。

交差点にあふれる夕の鎮魂歌。

友のための、隣人のための、あらゆるところに遍在する妻のための、のぼる太陽のもとに咲きあふれる花々のための、晴れやかに囀る小鳥たちのための、鎮魂歌をうたうために……。

その鎮魂歌の焦点に、U子があらわれる。

「心のなかで、ほんたうに微笑めることが、一つぐらゐはあるのだらうか。やはり、あの少女に対する、ささやかな抒情詩だけが僕を慰めてくれるのかもしれない。U……とはじめて知りあつた一昨年の真夏、僕はこの世ならぬ心のわななきをおぼえたのだ。それはもう僕にとつて、地上の別離が近づいてゐること、急に晩年が頭上にすべり落ちてくる予感だつた。いつも僕は全く清らかな気持で、その美しい少女を懐しむことができた。いつも僕はその少女と別れぎはに、雨の中の美しい虹を感じた。それから心のなかで指を組み、ひそかに彼女の幸福を祈つたものだ。」（「心願の国」）

おそらくこのU……に出遇ったころから、原民喜はみずからその生命を断つことを作品化する方向へ歩みはじめていたのだ。

その創作と生活の矛盾を止揚するために創作を生活に妥協させるつもりはまったくなかった。もはやそういうことは感覚的に受けつけられない状態になっていたのである。その意味では創作にも生活にも限界がきていた。しかし、みずから抹殺するのは生命だけである。すべての作品は、生ある者たちにおくる鎮魂歌として、みずから長い時間をかけて整理し、足りないところはあらたに作品化し、さらに友人や肉親への遺書をつけ加え、まとめて主なき部屋にのこすことになる。

「ここでは焼け失せた空間と焼け残つた空間が鮮割れた観念のやうに僕の眼に映る。坂の石段を昇りつめたところにある図書館も赤煉瓦の六角塔は崩れ墜ちて、鉄筋の残骸ばかりが見えてゐる。僕は昔、あの赤煉瓦の塔を見上げたとき、その上にある青空が磨きたての鏡のやうにおもへたのを憶えてゐるので、どこか僕のなかには磨きたての新鮮な空気がまだありさうな気もする。表の閲覧室の方は壊れたままだが、裏側にある書庫は無事に残つてゐるのだ。僕はあるとき、入庫証をもらふと、はじめてその書庫のなかに這入ることが出来た。重たい鉄の扉を押して、ガラスの破片などの散乱してゐる仄暗い地下室に似た処を横切ると、窓のところに受附の少年がゐた。そこから細い階段を昇つて行くと、階上はひつそりとして、どの部屋もどの部屋も薄明りのなかに書籍が沈黙してゐるのだつた。僕はいま、受附の少年のほかに、この建物のなかには誰も人間がゐないのを感じた。それから、窓の外にある光線はかなり強烈なのに、この書庫に射して来る光は、ものやはらかに書物の影を反映してゐるやうだつた。僕はゆつくり部屋から部屋を見て歩いた。『イーリヤス』『ドン・キホーテ』など懐しい本の名前が見えて来る。どの書物もどの書物も、さあ僕の方から読んでくれたまへと、背文字でほほゑみかけてくるやうだ。僕はへとへとになりながら、時間を忘れ、ものに憑かれたやうに、あちこち探し歩いた。だが、何を探してゐるのか、僕には自分でもはつきりわからないやうだつた。『これは全世界を失つて自己の魂を得た者の問題である』

借りて来た書物のなかから、この言葉を見出したとき僕は何かはつとした。ジエラル・ド・ネルヴアルのことを誌したその数頁の文章は怕しい追憶か何かのやうに僕をわくわくさせる。」（「夢と人生」）

一九四四年九月に貞恵夫人が死んだとき、原民喜は、彼女の魂が死後の世界のどこかで、自分がその人の弟であったことを誇りに思っている姉に会うことを想像したものだ。

その世界へ、自分もこれから旅立つわけだが、その世界への扉をひらく方法としては、鉄路に横たわって電車に肉体を轢断させるというすさまじい方法をえらんだ。それは、彼が死後の世界で会おうとする人々が、姉や妻だけではなく、原爆で肉体をひき裂かれ悶え死んでいった無数の隣人たちでもあったからである。

（一九七八年）

《『日本現代詩文庫100　原民喜詩集』（一九九四年、土曜美術社出版販売）の刊行に際しての追記》

＊　本書の編集にあたり、一冊の本で原民喜の作品を知ろうとする場合には、少くともこれだけは必要、と私が考えるものを選んだ。

底本としたのは『定本　原民喜全集』（全四巻、一九七八年、青土社発行）である。

私の解説は『定本　原民喜全集』のために書いたものを再録したが、但し、わずかに表現を改めた。

「死の風景」を歩んだ詩人

海老根勲

広島平和公園の一画、原爆ドームを振り仰ぐ位置に、小さな詩碑がある。

遠き日の石に刻み
　　砂に影おち
崩れ墜つ　天地のまなか
一輪の花の幻

「碑銘」と題された原民喜の絶唱が、白みかげ石に遺筆となった彼の文字をそのままに刻み込まれている。「広島花幻忌の会」では、その詩碑を囲んで毎年、命日の三月十三日前後の日曜日には「花幻忌の集い」を営んでいる。地元の高校生たちが「原爆小景」や「家なき子のクリスマス」などを朗読しあい、民喜に寄せる思いなどが、こもごも語られる。そうして、「民喜って素敵なペンネームですね」と、旅の途中に来合わせた人から訊ねられることもまた、毎年の倣いとなっている。

「本名なんですよ、民喜の名は――。民が喜ぶ、という意味ですが、この場合の民は〈民衆〉ではなく、〈臣民〉としての〈民〉なのですよ」と、その都度、答えるのである。

民喜が生れたのは一九〇五年（明治三十八年）十一月十五日。既に軍都としての性格を色濃くしていた広島の街には、日露戦争の勝利を祝う提灯行列や万歳の声が毎日のようにこだましていた。まさに近代日本の成立を象徴する男児として健やかに育てよ。そんな父の願いが深く込められた名前であった。思えば、朝鮮戦争最中の一九五〇年十二月、一篇の詩「家なき子のクリスマス」を親友・長光太に書き送って翌年早春、自死した原民喜の人生は、日本がたどってきた近代戦争の歴史と重なり合う、何とも苛酷な生涯であった。

一九八三年三月、三十三回忌の花幻忌が広島で営まれた時、遠藤周作は詩碑に酒を注ぎ、「彼は原爆詩人だけで評価されてはならない。原爆も書いた詩人であり、作家であることを忘れないでほしい」と、参列した人々に語りかけた。そのおり、ともに参加していた佐々木基一、大久保房男ら「花幻忌会（東京）」に連なる民喜の友人たちは、縮景園や京橋川、広島東照宮など、「夏の花」に描かれた足跡を訪ね歩いた。佐々木は「いつしか、民喜の眼に重なり合う自分」を風景の中に見つめ、悲惨な状況下になお、透明な感受性を保つ原民喜文学の今日性を語っていた。それらの言葉は、若い人たちに読み継がれ、受け継がれて、ささやかではあるが、細やかな情感をたたえて営まれてきた「花幻忌の集い」の底流ともなっている。昭和十年代に集中的に書かれた短編の数々の、透明な文体で描かれたさまざまな幻視の風景に妖しい想像力をかきたてられ、原爆被爆以後の、もう一本のテーマである亡き妻に向ってつづられる掌編、短編の、ほんとうに哀しく、切ない言葉の数々に心を揺さぶられる。ふだん、詩の言葉などめったに触れる機会のない高校生たちが、花幻忌の集いで、「悲歌」「感涙」といった詩篇を涙ぐみながら朗読する姿は、遠藤らの指摘が確かなものであることの証しでもあるだろう。広島では十一月には生誕祭も催しているが、晩秋の空気のような感傷が心のひだに染み透るのは、単に季節のせいだけではあるまい。

幻視の風景、あるいは予定調和

民喜の甥で、彼の遺言によって著作権を継承していた原時彦氏に、「お家流」というタイトルの、次のような一文がある。

叔父民喜の寡黙は伝説になっているが、そもそも、原家の男は、いずれも無口であり、これは「お家流」なのである。

昭和二十年。原爆被災後の避難先の八幡村（現・広島市佐伯区）で、叔父と一、二階に分かれて起居を共にしていた当時の一話。

十一月二十五日の日曜日、叔父に連れられて広島に掘り出しに行った。（中略）目的の焼跡の探索も終わり、ようやく己斐（広島市西区の広島電鉄西広島駅）まで帰り着き、駅の方へ向ったら、叔父はそそくさとそこを通り過ぎて、とある闇市場の一軒の飲食店に入っていった。「えっ！　僕もついていっていいのかなぁ」と思いながら続いて入った。叔父は何かぼそぼそと注文したようだ。「僕のもあるんかなぁ」と、またも不安な気持いっぱいで叔父の前に坐った。間もなく二杯の「ダンゴ汁」が並んで出され、「やったぁ、僕のもあったんだぁ」とひと安心したことを、鮮明に覚えている。食べ終わって帰路についたのであるが、行き帰りの道すがら、叔父とひとことでも言葉を交わしたか、というと、その記憶はまるでないのである。

昭和二十五年四月。日本ペンクラブ広島大会が行われ、その夜、叔父の来訪を受けた。「みんなが揃っているところを、ちょっと見せてください」と。

眠っている弟や妹を起こし、僕ら全員の顔を見て、安心した風を見せたのが、叔父との最後となった。

（以下略・広島花幻忌の会会誌『雲雀』創刊号＝二〇〇二年三月）

旧制中学時代からの親友である詩人の長光太や熊平武二らも、中学時代には民喜の肉声を聞いたことはほとんどない、と話していた。原氏の言葉を借りれば「離人症的な性格」を、民喜の少年時代に見る評伝などが既に幾つも書かれている。大正六年、十二歳で父と、十三歳で生涯思慕した次姉ツルとの死別がもたらした衝撃は計り知れないほど大きく、思春期の彼は、社会との交流の術さえ見失ったようだ。青春期を迎えて、ドストエフスキーをはじめとするロシア文学に傾倒するようになり、まさに伝説的ともいえる沈黙の日々、彼はたくさんの〝不安〟を心のひだの一本一本に沈み込ませていたに違いない。昭和十年代に発表された短編のそれぞれに、それは読み取ることができる。静謐と透明感をたたえた文体が、民喜の内にある「幻視の風景」を、より一層、際立たせている。例えば——。

八畳の間には床がのべられ、恰度今、人々は枕辺を取囲んで、ざわめいてゐた。文彦は静かに人々の後から死人の様子を覗いてみた。文彦の母の指が、顔の上に被さつた白い布をめくると、その下に文彦の死顔があつた。白蠟のやうな文彦の顔が現れると、人々はまた新しく泣き出した。唇のあたりに産毛が生え、額に小皺がみえ、閉ぢてゐる眼蓋が悲しさうな表情だつた。何処となしに、それは文彦の父の死顔と似てゐた。

（「行列」抜粋＝初出誌「三田文学」昭和十一年九月号）

「有難う、有難う。何も私がそんなに偉いのではありません。私はただ一羽の鳥ですよ。お父さんだつて一羽の鳥です。さうして皆さんもやつぱし終には鳥になられます。それ御覧なさい」と、しんが指差す義造の写真は、ぱつと真白な鳥になつたかと思ふと、青空へ飛んで行つた。おやおやおや、と皆が驚いてゐると、「私も飛んで行きますから、皆さんも後から来てくだささい」と、しんが云ひ、さう云つたと同時に、しんはもう一羽の鳥になつて、義造の後を追つて行つた。あらあらあら、と皆は呆気にとらはれながら、一人づつ、忽ち鳥となつては、ぱたぱたと飛んで行くのであつた。

（「暗室」エンディング＝初出誌「三田文学」昭和十三年六月号）

夕ぐれであつた。それはまるで夢のつづきに似てゐたが、夢ほどの興奮もなかつた。質屋で服を金に替へ、彼は省線に乗つた。ある駅で降りた。駅前の居酒屋で長い間何かを待つた。

誰かやつて来たやうであつた。そこで彼は立上つた。

彼は酒屋を出て、踏切の方へ歩いて行つた。今、電車は杜絶えて、あたりは森としてゐた。やがて微かに軌道が唸りはじめた。響はすぐに増して来た。光と礫の洪水の中に、異腹の兄に似た白い顔がさまよつてゐた。

（「溺没」エンディング＝初出誌「三田文学」昭和十四年九月号）

「死と夢」というシリーズに分類されるこれらの作品は今日、もう一方のシリーズである「幼年画」も含めて、絶版となった個人全集を探索しないと読めないけれど、近代の広島市街を思わせる細やかな風景描写の中に、死の諸相が、妖しいまでに微細に書き込まれている。「行列」でいえば、自分で自分の葬儀に参列する、という展開である。会葬者のだれかれと会話を交わすのだが、いざ、自分の入っている棺を囲んで、火葬場に向って行列が進み始めると、列の後方にいる「文彦」の声は誰にも届かなくなる。人間の「存在」と「非在」という根源的な問いを読者に投げかけてくる。「暗室」や「溺没」などを初めて読んだ時は、ラストシーンが、「心願の国」のヒバリや、現実に鉄路に横たわって自死する彼の最後の道程と重なってしまい、これらは「人生の予定調和」なのかと、思わず立ちすくんだ記憶がある。

そういえば、彼は俳句も書いていたが、俳号は「杞憂亭」だった。天が崩れ落ちるなどと考えるのは杞憂に過ぎない――。中国の故事をそのまま自らに名づけ、それは昭和二十年八月六日、恐ろしいほどの現実となった。

「夏の花」と「原爆被災時のノート」

代表作「夏の花」のベースとなった「原爆被災時のノート」は、片仮名の横書きである。鉛筆で書かれた克明な描写は、端正な書体が冷静な観察者の姿を映して、原子爆弾がもたらした「人間の悲惨」を浮き上がらせている。ごく普通の手帳に十二ページにわたって書かれた記録には冒頭、ペンで三行、全く異なる文章も記されている。「店ノ金庫ノ中／タバコ／遺言状」。

もし、原爆に遭遇しなければ、民喜は妻の一周忌を待って、その後を追おうと考えていたのではなかったか。後に「遥かな旅」にも、そのような一行を加えている。「もし妻と死別れたら、一年間だけ生き残らう、悲しい美しい一冊の詩集を残すために……」。その間の、民喜の心情は、昭和十九年初冬、妻の百カ日を待ちながら書かれたと思われる「忘れがたみ」に鮮やかに、かつ切ないまでに描かれている。佐々木基一の姉・貞恵との結婚生活はほぼ十年。妻の目、手、口、あるいは深夜、民喜が書いた原稿を読むかすかな気配にいたるまで、今なお、隣にいるごとくに描写している。民喜も愛読したニーチェの言い残した「差し向かいの寂しさ」そのものである。そして、妻に向けられた「一つの嘆き」は、民喜にとって、根源的な意味をもって戦後の「生と死」につながっていく。なお、遺言状は焼け爛れた金庫の中で灰になってしまったらしく、現存しない。

ところで、縦十三センチ、幅七センチのごくありふれた手帳の一部に記された「被災時のノート」と呼ばれるメモは、幸いにも「厠にいて」無事だった民喜が、避難のおりに目にした光景を綴ったものである。原爆投下直後の状況がリアルタイムで書きとめられた資料として、貴重な文献である。しかも、自分の眼だけでなく、家族や家業の原商店従業員ら複数の体験、目撃談も仔細に集めている。六、七両日は広島駅北側の東照宮に野宿しながら、八日以降は避難先の八幡村の民家で書き継がれた。このノートが、後に「夏の花」「廃墟から」「鎮魂歌」、構成詩「原爆小景」などにつながっていく。「夏の花」などと読み比べれば、手帳に綴られた、文字の乱れもまったくないほどの沈着冷静な観察眼と、激しい憤りや文学的沈潜がない交ぜになった創作の過程もうかがえて、まさに戦後文学の起点（あるいは基点）となっていることが理解できるのである。

原時彦氏は学童疎開世代である。偶然にも昭和二十年八月六日、疎開先の広島県三次市から弟で小学一年の文彦あてに葉書をだしている。結局、配達されないまま時彦氏の元に返送されるのだが、文彦は、大家族の原家にあって、唯一の直接の犠牲者となっていた。民喜らは八日、避難の途中に「泉邸」（現在の縮景園＝広島市中区幟町）付近で、その遺体を見つける。「夏の花」はその場面を次のように描写する。

「真黒くなつた顔に、白い歯が微かに見え、投出した両手の指は固く、内側に握り締め、爪が喰込んでゐた」「次兄は文彦の爪を剝ぎ、バンドを形見にとり、名札をつけて、そこを立去つた。涙も乾きはてた遭遇であつた」

同じ場面、ノートはただ、「爪ヲトリテ、ココヲスグ」と記しただけである。「涙も乾きはてた」感情の動きはない。静かな観察者の視線が、原稿用紙に向った時、文学者の情感に変質していく一例である。しかし、激しい感情の起伏を抑えきれない場面もある。「水際に蹲つてゐた一人の兵士が、『お湯をのましてくれ』と頼むので、私は彼を自分の肩に依り掛からしてやりながら、歩いて行つた」シーンである。兵士は「死んだ方がましさ」と吐き捨てるように呟き、「私も暗然として肯き、言葉は出なかつた。愚劣なものに対するやりきれない憤りが、この時我々を無言で結びつけてゐるやうであつた」と書く。未曾有の出来事を、何とか文学として昇華しようと模索しつつも、「我々」といった硬質な言葉が飛出してしまうのである。彼の全作品を読み通してみても、「我々」といった生の言葉は、激しい感情の揺れは、この一ヶ所だけである。

一方、「夏の花」では、さらりと書かれているだけの表現が、「ノート」ではきりりと引き締まった決意表明になっている部分もある。

「……さばさばした気持で、私は自分が生きながらへてゐることを顧みた。かねて、二つに一つは助からないかもしれないと思つてゐたのだが、今、ふと己が生きてゐることと、その意味が、はつと私を弾いた。／このことを書きのこさねばならない、と、私は心に呟いた。けれども、その時はまだ、私はこの空襲の真相を殆ど知つてはゐなかつたのである」（「夏の花」より）

「石段下ノ涼シキトコロニ、一人イコフ。我ハ奇蹟的ニ無傷ナリシモ、コハ今後生キノビテコノ有様ヲツタヘヨト天ノ命ナランカ。サハレ、仕事ハ多カルベシ」（「原爆被災時のノート」より）

民喜の手帳には、昭和十九年十二月一日から、一日一語の備忘録のようなスタイルで日記が書かれている。昭和二十年には一月四日に「三田文学」へ「忘れがたみ」を送り、五日は「百カ日」とだけ書いた。「1月31日　21時東京発／2月1日　神戸一泊、警報三度／2日　本郷（妻・貞恵の実家）／4日　帰廣」と、妻の遺骨を抱いての帰郷も、事実を一言だけしか書いていない。ちなみに五月一日は「ムッソリーニ殺さる　風雨　ヒットラー死んだ　万才」とある（註・「手帳」全文はホームページ「広島文学館」に掲載されている）。

「忘れがたみ」は二十一年一月に復刊された「三田文学」に発表された作品である。千葉市登戸町の借家に一人残された民喜が、空襲のサイレンに脅えながら妻の面影を原稿用紙に向かって追い求めていた姿が、この一行に浮かぶ。しかし、「夏の花」の冒頭、亡き妻の一周忌を前に墓参りに出掛けた記述は、手帳にはない。書かなかったことがかえって、ひそやかな意思を伝えてもいるように思える。

「仕事ハ多カルベシ」と書いた民喜の戦後生活は、「一つの嘆き」と「無数の嘆き」に貫かれた被爆の体験と、亡妻への懐旧の思いの募る作品に収斂されていく。「鎮魂歌」や詩篇「原爆小景」などは、その一例であろう。

「鎮魂歌」（「群像」一九四九年八月号に初出）は発表当初、小説の体裁をなしていないと酷評されたらしい。

「黒くふくれ上り、赤くひき裂かれた隣人たちよ、そのわななきよ、死悶えて行つた無数の隣人たちよ。おんみたちの無数の知られざる死は、おんみたちの無限の嘆きは、天にとどいて行つたのだらうか。わからない、わからない（中略）僕にわかるのは僕がおんみたちの無数の死を目の前に見る前に、既に、その一年前に、一つの死をはつきり見てゐたことだ」（「鎮魂歌」より）

妻の一周忌を待って自死するはずだった民喜は、偶然にも生き残って「無数の死」と「無数の嘆き」を眼前にしたとき、噴出する言葉が、らせん階段のように渦巻き、立ち昇っていく思いに駆られたのであろう。「天ノ命ナランカ」。天命とは、あるいは亡き妻の呼びかけだったのかもしれない。一つの嘆きと無数の嘆きが繰り返される「鎮魂歌」や、絶唱ともいえる「碑銘」など、いわゆる原爆ものと亡妻ものという、戦後五年間の創作活動は、民喜の中では絶えず彼岸と此岸とで呼応しあうものだったのだと思えてならない。

とはいえ、その作品群にはひとすじの希望、救いも語られている。「コレガ人間ナノデス」はじめ、片仮名ばかりの詩が並ぶ「原爆小景」の十番めの最後の章に、民喜はひらがなで「永遠のみどり」を据えた。「ヒロシマのデルタに／若葉うづまけ／（中略）／ヒロシマのデルタに／青葉したたれ」と歌った。「廃墟から」では、まだ瓦礫が残り、死臭もただよう街角の夜に、赤ん坊の泣き声を聞いている。その詩的遍歴の中で、確かな「にんげんの営み」に自身の希望を見出していたはずなのだ。それがなぜ、自死を選んでしまったのか。

先年、北海道立文学館を訪ねたおり、同館に寄贈された長光太資料の中に、「家なき子のクリスマス」の自筆稿を見つけた。それは昭和二十五年十二月二十五日の日付で、長にあてた手紙に同封されていた。朝鮮戦争の最中、壊滅の日を現実に見てしまっている民喜の目には、クリスマスの夜が「破滅近き日のきざし」として、はっきりと映っていたのだ。だから、こんな詩を古い友に書き送ったのに違いない。私は、その小さな封筒を前に答えの一端に触れた思いにとらわれ、息を飲み込んだのだった。

新たな資料の発見

二〇〇八年早春、広島市中央図書館に収蔵されている原民喜資料に、「夏の花」以後に書かれた自筆の草稿類が多数、存在することが確認された。広島花幻忌の会の若い会員が検証作業の過程で見つけたもので、「雲の裂け目」習作、「鎮魂歌」「火の子供」の一部、エッセイ「死と愛と孤独」下書きなどである。それらは、前出の「死と夢」シリーズの「玻璃」「暗室」、「幼年画」シリーズの「不思議」などの清書された原稿用紙の裏側を使って、なぐり書きのように書かれていた。とりわけ「死と愛と孤独」は、壮絶なまでに推敲を重ねた跡が生々しく残っていた。

同図書館の民喜資料には、翻訳「ガリヴァー旅行記」全文や小説「永遠のみどり」などの自筆原稿がある。いずれも、透明感のある文体をそのまま反映するような、端正な書体である。推敲などは必要としないような、言葉が次々と沸きいずるごとき筆跡である。しかし、新たに見つかった草稿には、戦後の貧しさと物資不足に耐えながら、必死に言葉を紡いでいた様子がうかがえる。

「鎮魂歌」の〈伊作の声〉の章や、「火の子供」に書かれた古い友人の不幸な人生と、その彼のもとに生れた新しいいのちに託した希望など、下書きと発表された作品を重ね合わせると、民喜は戦後数年間の歳月を、まさに人間の「生と死」にこだわり続けて生きていたのだ、との思いを改めて強くするのである。「コノ有様ヲツタヘヨト天ノ命ナランカ」と「被災時のノート」に記した強い意志は、被爆の実相にとどまらず、戦争がもたらしたさまざまな後遺症にまで向けられ、「家なき子のクリスマス」や絶筆「心願の国」にまで紡がれていったのであろう。「家なき子」とは、あるいは民喜自身の投影だったかもしれない。

なお、原民喜が生きた時代は、昭和十年代には治安維持法や国家総動員法によって、「夏の花」から自死に至る戦後の五年間はＧＨＱ（連合国軍総司令部）のプレスコードによって、自由な言論活動は厳しく抑圧されていた時代であることも、忘れてはならないことである。

（広島花幻忌の会事務局長）

※参考文献
「定本原民喜全集」（青土社）全三巻別巻一巻
「原民喜戦後全小説」上・下（講談社文芸文庫）
「被爆作家の軌跡」第二部「原民喜」（中国新聞文化面連載記事・一九八三年）

原民喜について

長津功三良

私にとって、現代詩とは、原民喜から始まった。永遠に詩の神と言えるかもしれない。

原民喜は、早くに亡くなった私の父と生年が一年違いで、ほぼ同じ時代の空気を吸って生きて来た、という何となく懐かしさもある。ただ彼は富家の生まれであるが、こちらは貧しい水呑み百姓の小倅で、若い頃から広島に出て働いていた、という違いはあるが……。彼の年譜作成を途中から引き継いで、その足跡を辿りながら、民喜や父の生きた変転騒然とした時代に想いを馳せている。そして私も幼い頃、同じ広島で、京橋川を挟んだ辺りの同じ空の下で暮らしたのだと……。

私の父が広島に出ての仕事が、新聞の販売店であった所為もあっただろうが、早くから活字に親しむ生活であった。新聞の折り込み広告で作った紙飛行機を、京橋川へ張り出したベランダから飛ばしたりしていた。父が何度も兵隊に取られ、私は最後に祖母の元へ縁故疎開をしたので、直前直後の広島は知っているが、被爆はしなかった。ただそのための心の痛みは未だに引き摺っている。

父が復員し、また広島の基町で被災者用木造急造市営住宅に住みついて、店を再開した。当然家業であるし軍隊時代に父が軀を痛めていたので、原爆ドームの対岸に間借りをしていた新制中学に転校したばかりの私は、毎朝の中国新聞社や広島駅への新聞の受け取りから、配達の指図手配から集金などと働かされていた。

一九五一年私が高校一年の終わりに、原民喜が東京で自死した。そして早くも多くの人たちの尽力により、その年の秋には広島城の大手門の傍に、「碑銘」を刻んだ詩碑の建立が行われた。彼らしいひっそりとした佇まいであった。

新制高校に進学していた私は、受け持ちの配達区域の関係で毎朝詩碑の前を通りお城の中を抜けて新聞の配達に行っていた。通りかがりに厭でも毎日目に入る。高校に入って文芸部や図書部に所属し、時折堀辰雄や太宰治の文章を書き写したりしはじめていた私には、この濃密に凝縮された言葉に出会ったことは、衝撃であった。ああ、これが「詩」というものか……。

遠き日の石に刻み
　　砂に影おち
崩れ墜つ　天地のまなか
一輪の花の幻

私はここから詩に入っていった。ただ「原爆小景」の作品群は、きっちりとリアルに表現しており、わたしは無差別殺戮の惨状の痕跡や後遺症のありさまを、日常の生活の中で、目の当たりにしているだけに、読むには辛すぎて、可成り後まで目を逸らし続けていた。「夏の花」三部作も同じく実際に読んだのは可成り後になってからであった。暫くは、吉田一穂や中原中也、萩原朔太郎など表面的には「碑銘」の延長であるかもしれないが、耽美的な傾向に熱中していた。自分の生活が幾らか落ち着き、四十代になってから、やっと原爆に、正面から向き合えるようになり、本腰を入れて対峙しようと思うようになった。そして、いまやっと原民喜を含め、ひろしまに向き合っている。彼の作品を通し、いま遺書とも言うべき「碑銘」の意味を改めて考えている。

戦後早くから原爆告発の詩作品を発表した人たちは多いが、きっちり小説の形で残したのは原民喜が初めてであろう。今回文庫の冒頭に収録した「原爆被災時のノート」は貴重な歴史的資料である。名作「夏の花」三部作の、全くの原型となる手帖であり、被爆の直後から記し、郊外の八幡村に逃れてからも、鋭い感性と透徹した詩人の目で記録し続けたものである。

昭和十九年九月に妻貞恵を結核で喪い、一冊の詩集を残したら自らも死ぬ覚悟で、翌年一月に広島へ帰郷し、暫く家業を手伝っていたが、八月六日朝自宅で原子爆弾に被爆し、このことで、

「我ハ奇蹟的ニ無傷ナリシモ、コハ今後生キノビテコノ有様ヲツタヘヨト天ノ命ナランカ。サハレ、仕事ハ多カルベシ」

と決意を書き、以後、「自分のために生きるな、死んだ人たちの嘆きのためにだけ生きよ、僕は自分に繰返し繰返し云ひきかせた。」(「鎮魂歌」の一節)と、ひたすら懸命に生きて原爆に関する作品群を中心に、自死するまで書き続けた。

原民喜は、現在では原爆文学という被爆体験を基に被害の状況を描写告発するジャンルに分類されているようだが、戦前既に繊細で自己を凝視し続け、幻想的な不安の文学の旗手、中堅作家として発表の場所を得て地歩を築いていた。ただ大衆作家ではないために、稿料もそれほどではなく、生活には困窮していたようだ。

一時死を決意しながら、被爆したあと、騒然たる世相を眺めながら、あの無差別殺戮の悲惨無惨な情景を書き残すべきだとの使命感に追われ続けていたようである。ただ単なる記録伝達にとどまらず、文学作品としてしっ

かり昇華されたものを提示している。戦前の、夢の中に居るような観念的なものから、作風が全く変わり詩人らしい厳しい目で凝視した、よりリアルなものになっている。このことは広島で活動を再開した人たちや出発した他の文学者達にも共通している。現在では被爆体験した語り部達も次第に少なくなり、原民喜たち先達の仕事を、被爆していない世代が、原爆の意味を問う作品を継承して、より普遍的な言葉に紡ぎ、思想化を図っている。

原民喜の没後、毎年命日に、東京で遠藤周作など友人を中心に「花幻忌会」として偲ぶ会がもたれるようになり現在も続いている。

広島では平成十二年に、文化人、作家、詩人達の発起で、彼の顕彰と作品を次の世代への継承と伝達を目的に「広島花幻忌の会」が発足した。没後五十年や生誕百年の大きな事業のあと、現在、広島花幻忌の会では、原民喜の三月の命日や、十一月の生誕の日の前後にあわせて、献花・黙禱の慰霊祭と、作品の朗読や講演の会など、原民喜を中心に原爆文学を読み、研究し、継承するべく努力を続けている。また、八月六日の原爆祈念日、八月十五日の終戦の日などには適宜、他の文化団体と共催で講演会や平和文学の朗読会などを行っている。

今、原民喜の作品群の前に佇み、自分のいきざまや詩を振り返り、原点に立ち戻らなければいけないと、自省している。この純粋無垢の繊細な精神の前に、いかに自分が世俗の汚濁に塗れてきたのか見せつけられている。私もまた、死んだ人の嘆きの為に生きねばなるまい。この地点から、新しく歩き始めなければならないと……。

原民喜年譜

一九〇五年（明治三十八年）　当歳
十一月十五日、広島市幟町一六二番地にて、父信吉、母ムメの五男として生まれる。家業は陸海軍御用達の縫製業で、軍服などを製造していた。他に家族は長女操、次女ツル、三男信嗣、三女千代、四男守夫がいた。長男と次男は早世。民喜の後に六男六郎、四女千鶴子、五女恭子、七男敏が生まれている（「民喜」の名は日露戦争の勝利に「民が喜ぶ」として名付けられた。敏は後年、ベルリンオリンピックに代表選手の一員として参加している）。

一九一二年（明治四十五・大正元年）　七歳
四月、広島県立広島師範学校附属小学校入学。

一九一七年（大正六年）　十二歳
二月、父信吉死去、享年五十一歳。深い喪失感に囚われると同時に、無口で内向的な性格になっていった。八月、三歳年上の兄守夫と、詩や散文・エッセイなどの原稿を綴じた雑誌「ポギー」を発行。こうした兄守夫との家庭内同人誌は「ポギー」「沈丁花」「霹靂」と続き、一九二七年まで約十一年間断続的に続く。

一九一八年（大正七年）　十三歳
三月、県立広島師範附属小学校尋常科卒業。兄守夫の在学する広島高等師範学校附属中学校を受験したが不合格となり、四月、附属小学校高等科に進学した。慶応大学に進んだ兄信嗣にあてて、家庭内通信「近状通信」を作る。この年、姉ツルが二十一歳で死去、病床にあって民喜に聖書の世界を伝えたツルは、民喜の生涯に大きな痕跡を残した。

一九一九年（大正八年）　十四歳
四月、広島高等師範学校附属中学校に入学。国語・作文を得意としたが、きわめて無口で在学中同級生も教師も殆ど彼の声を聞いたことがなかった。

一九二三年（大正十二年）　十八歳

三月、附属中学校四年を修了、上級校の受験資格を得て、五年進級後は殆ど登校せず、詩作に耽る。ゴーゴリ、チェーホフ、ドストエフスキーなど十九世紀ロシア文学やヴェルレーヌ、宇野浩二、室生犀星らを読み耽る日々を送った。親しくなった熊平武二の誘いを受けて五月、謄写版刷りの同人誌「少年詩人」に参加。同人は熊平の他、末田信夫（長光太）、銭村五郎、続木公大、永久博郎、木下進、岡田二郎、澄川広史らが名を連ねている。熊平、末田とは生涯親交を結んだ。

一九二四年（大正十三年）　十九歳

四月、慶応義塾大学文学部予科に入学、芝区三田四国町（現・港区芝）の金沢館に下宿。同級に石橋貞吉（山本健吉）、田中千禾夫、宇田久（零雨）らがいる。詩作は続けたが、同じく予科に進んだ熊平の影響を受けて、正岡子規、高浜虚子、与謝蕪村などに親しみ、句作も始める。

一九二五年（大正十四年）　二十歳

トルストイやスティルナー、辻潤などを読み、ダダイズムに傾斜し、一月初めから糸川旅夫のペンネームで、広島の「芸備日日新聞」にダダ風の作品の発表を始める。昼夜逆転の生活で読書、創作に耽り、大学予科の出席日数が足りなくなり、学部進級が二年遅れた。

一九二六年（大正十五・昭和元年）　二十一歳

一月、熊平武二、熊平清一（武二の兄）、長光太、山本健吉らと同人誌「春鶯囀」を発行。四号まで刊行し、詩や評論、エッセイなどを発表。十月、熊平武二、長、山本らと原稿を綴じただけの回覧雑誌「四五人会雑誌」発行。俳号杞憂亭。同誌は昭和三年五月まで続き、十三冊発行された。さらに広島在住の兄守夫と家庭内同人誌「沈丁花」にも、詩や散文、俳句などを書いた。二人の同人誌はさらに「霹靂」（昭和二年）に続いていく。ブハーリン、レーニンらの著作にも触れ、左翼運動に関心を深める。

一九二九年（昭和四年）　二十四歳

四月、文学部英文学科に進学。主任教授は西脇順三郎、同級に滝口修造、井上五郎らがいた。

一九三〇年（昭和五年）　二十五歳
日本赤色救援会（通称モップル）に参加。東京地方委員会城南地区委員会に所属。
一九三一年（昭和六年）　二十六歳
一月、モップル広島地方委員会のオルグで活動。四月、広島の運動弾圧が民喜にもおよび、東京で逮捕される。以後、運動から離脱。
一九三二年（昭和七年）　二十七歳
卒業前に桐ヶ谷の長光太宅へ寄寓。三月、文学部英文科を卒業。卒業論文は「Wordsworth 論」。一時縁者経営のダンス教習所に勤める。横浜・本牧の女を身請けして約一ヶ月同棲生活を送るが、女に逃げられる。初夏の頃、桐ヶ谷の長光太宅の二階でカルモチン自殺を図るものの、大量に飲みすぎて嘔吐し、未遂に終わる。長と一緒に千駄ヶ谷、明治神宮外苑裏のアパートに移る。
一九三三年（昭和八年）　二十八歳
三月、広島県豊田郡本郷町（現・三原市本郷町）の永井貞恵と見合い結婚（貞恵の弟・善次郎は評論家佐々木基一）。池袋のアパートを新居とし、さらに淀橋区柏木町（現・新宿区北新宿）に転居した。向かいに大学予科時代からの友人山本健吉が住んでいた。井上五郎ら発行の同人誌「ヘリコーン」に参加。同年九月に亡くなった宮澤賢治の作品に接する。
一九三四年（昭和九年）　二十九歳
五月、昼夜逆転の生活を続けていたため、特高警察に嫌疑をかけられ、夫妻とも逮捕される。しかし、容疑事実はなく、一晩で釈放される。同じく逮捕された山本健吉は、左翼運動との関係が続いていたことから、二十日間留置される。この事件後、山本と絶交し、千葉市登戸町（現・千葉市中央区登戸）に転居。以後十年間、同所で暮らす。
一九三五年（昭和十年）　三十歳
三月、コント集『焰』（白水社）を自費出版。読売新聞に中島健蔵の批評が載る。大学時代からの知友宇田零雨主宰の俳句雑誌「草茎」に、妻貞恵と参加し、数年間俳句を発表。俳号は「杞憂」。「メッカ」十二月号に「蝦獲り」を発表。
一九三六年（昭和十一年）　三十一歳
「メッカ」三月号に「詠嘆二章」、五月号に「青葉の頃」。「作品」四月号に「狼狽」。「三田文学」八月号に「貂」、九月号に「行列」。「草茎」十月号に「千葉寒川」。「図書評論」十二月号に「『ルナァル日記第四冊』に就いて」（慶応系の「三田文学」に最初に連れて行ったのは早稲田出身の長光太だった）。以後「三田文学」にしばしば寄稿するようになり、妻貞恵が発病する三十九年まで、最も盛んな創作活動を見せる。
母ムメ死去、享年六十二歳。
一九三七年（昭和十二年）　三十二歳
「詩稿」一月号に「饗宴、散歩、古きノオトより」。三月、『句集早贄』（草茎社）に妻貞恵と共に俳句が収録される。「三田文学」五月号に「幻燈」、十一月号に「鳳仙花」。
一九三八年（昭和十三年）　三十三歳
「日本浪曼派」一月号に短編「不思議」。「三田文学」三月号に「玻璃」、四月号に「迷路」、六月号に「暗室」、九月号に「招魂祭」、十一月号に「夢の器」。「慶応倶楽部」四月号に「動物園」。「草茎」五月号に「旅信」、九月号に「自由画」。「文芸汎論」十月号に「魔女」。この年、春に京都へ、夏には箱根に取材を兼ね、一人で旅する。
一九三九年（昭和十四年）　三十四歳
九月、妻貞恵結核で入院、以後、作品発表は次第に減少。「草茎」一月号に「炬燵随筆」。「三田文学」二月号に「曠野」、四月号に「夜景」、五月号に「華燭」、六月号に「沈丁花」、九月号に「溺没」。「文芸汎論」三月号に「湖水めぐり」、九月号に「潮干狩」。
一九四〇年（昭和十五年）　三十五歳
「文芸汎論」一月号に「旅空」「幻住庵」、四月号に「鶯」、六月号に「青写真」、十月号に「眩暈」。「三田文学」五月号に「小地獄」、十一月号に「冬草」。
一九四一年（昭和十六年）　三十六歳

「文芸汎論」六月号に「雲雀病院」、九月号に「白い鯉」。「三田文学」十一月号に「夢時計」。
一九四二年（昭和十七年）　三十七歳
一月、船橋市立船橋中学校（四十四年に県立に移管）に嘱託英語講師として週三回勤務。「三田文学」二月号に「面影」、五月号に「淡章」、十月号に「独白」。
一九四三年（昭和十八年）　三十八歳
「三田文学」五月号に「望郷」。
一九四四年（昭和十九年）　三十九歳
三月、船橋中学校退職、夏頃より長光太の紹介で朝日映画社脚本課の嘱託になる。四月、同居中の義弟佐々木基一が治安維持法違反容疑で特高警察に検挙。貞恵の病状が悪化、九月二十八日に死去。享年三十三歳。以後、亡妻を偲んで著した「美しき死の岸に」など一連の作品群がある。「三田文学」二月号に「弟へ」、八月号に「手紙」。十月、「三田文学」休刊。リルケの『マルテの手記』に出逢い感銘を受ける。
一九四五年（昭和二十年）　四十歳
一月、千葉の住居を引き払い、広島市幟町の長兄信嗣の元に疎開し、家業を手伝う。八月六日の朝、家の厠にいて原子爆弾に被災。京橋川畔と東照宮下で二夜野宿を重ね、次兄守夫らと共に八幡村（現・広島市佐伯区）に避難。以後、原爆症とはいえないが健康が優れない状態が続く。秋から冬にかけて「原子爆弾」（後に「夏の花」に改題）を執筆、年末には佐々木基一に送るものの、原爆関連の記事・作品などの発表を禁じたＧＨＱ（連合国軍総司令部）の検閲を考慮し、「近代文学」に発表は差し控えた。
一九四六年（昭和二十一年）　四十一歳
一月、「三田文学」復刊。
四月、長光太の勧めで上京。大森区馬込東（現・大田区南馬込）の長宅に寄寓。慶応義塾商業学校・工業学校（四十九年両校廃校）夜間部の嘱託英語講師を勤める。十月から「三田文学」の編集に携わる。「三田文学」三月号に「忘れがたみ」、六月号に「小さな庭」、十・十一月合併号に「ある時刻」。「近代文学」四月号に「雑音帳」。「文明」九月号に「冬日記」。「近代文学」十一・十二月合併号に「猿」。リルケを熟読する。
一九四七年（昭和二十二年）　四十二歳
中野区打越町（現・中野区中野）の甥の下宿に移転。秋に中野区内のアパートに移る。十二月、嘱託講師を退職、極貧の生活に苦しみながらも「三田文学」の編集と、創作活動に専念する。「夏の花」を「三田文学」六月号に発表、大きな注目を集める（これはＧＨＱの検閲（プレスコード）を避けるため、本文の三カ所を削除して発表した物）。「四季」四月号に「秋日記」。「文壇」八月号に「小さな村」。「三田文学」十一月号に「廃墟から」。「高原」三月号に「吾亦紅」、十二月号に「雲の裂け目」。「文学会議」十二月号に「氷花」。
一九四八年（昭和二十三年）　四十三歳
一月、神田神保町の丸岡明宅（能楽書林）に転居（「三田文学」は同所で編集が行われていた）。六月「近代文学」同人となる。十二月、『夏の花』で第一回水上瀧太郎賞を受賞。「月刊中国」二月号に「二つの手紙」。「晩夏」五月号に「はつ夏、気鬱、祈り」。「若草」六月号に「昔の店」。「饗宴」六月号に「星のわななき」、八月号に「朝の礫」。「高原」七月号に「画集」。「三田文学」七月号に「愛について」。「思索」八月号に「飢ゑ」。「近代文学」九月号に「戦争について」、十月号に「火の踵」。「明日」十一月号に「翳」。「個性」十二月号に「災厄の日」。
一九四九年（昭和二十四年）　四十四歳
二月、小説集『夏の花』を能楽書林より刊行。この年いっぱいで「三田文学」の編集を辞す。夏、祖田祐子と知り合う。
「近代文学」一月号に「壊滅の序曲」、五・六月合併号に「苦しく美しき夏」、十月号に詩「外食食堂のうた」「長崎の鐘」、十二月号に「『冬の旅』と『印度リンゴ』」。「群像」一月号に「魔のひととき」、四月号に「死と愛と孤独」、八月号に「鎮魂歌」。「高原」五月号に「夜、死について、冬」。「個性」五・六月合併号に「火の唇」。「三田文学」七月号に「渡辺一夫著『狂気について』

など」。「文潮」三集・七月号に「二つの死」。「教育と社会」七月号に「母親について」。「表現」八月号に「夢と人生」。「読書倶楽部」十二月号に「抵抗から生まれる作品世界—石川淳著『最後の晩餐』評—」。
一九五〇年（昭和二十五年）　四十五歳
一月、武蔵野市吉祥寺（現・吉祥寺南町）に移転。四月、日本ペンクラブ広島の会主催の平和講演会に参加のため帰郷。最後の帰郷と考え、家族・親戚を廻る。この年、遠藤周作の仲介で山本健吉と和解。「都新聞」二月六日号に「惨めな文学的環境（山本健吉に送る手紙）」。「近代文学」三・四月合併号に「胸の疼き」、八月号に詩「讃歌」、特別号に「原爆小景」。「群像」四月号に「美しき死の岸に」、十一月号に「火の子供」。「野性」九月号に「海の小品」。「歴程」十一月号に詩「燃エガラ」。中国新聞・二五・七・二三号に「五年後」。
一九五一年（昭和二十六年）　四十六歳
三月十三日午後十一時三十一分、国鉄（現・JR）中央線吉祥寺・西荻窪間の鉄路に身を横たえ自殺を遂げる。下宿には近親者・友人に宛てた遺書十数通が残されていた。三月十六日、阿佐ヶ谷の佐々木基一宅で自由式による告別式。「近代文学」「三田文学」の合同葬。六月、『ガリバー旅行記』主婦の友社。七月「原民喜詩集」細川書店。
十一月十五日、広島城大手門の処に、遺作の詩「碑銘」を刻んだ詩碑建立。佐藤春夫達が来広し除幕式が行われた。
「女性改造」一月号に「遥かな旅」。二月、愛媛新聞に「うぐひす」、「二つの頭」（共に童話）。「歴程」二月号に「碑銘」、三月号に「風景」、四月号に「悲歌」。「近代文学」四月号に「ガリヴァ旅行記K・Cに」「ラーゲルレーヴの魅力」「碑銘」（詩）。「女性改造」五月号に「死の中の風景」。「群像」五月号に「心願の国」。「日本評論」五月号に「死について」。「三田文学」七月号に「永遠のみどり」。「近代文学」八月号に「ペンギン鳥の歌、蟻、海」（詩篇）。「俳句研究」十月号に「杞憂句抄」。

一九五二年（昭和二十七年）
命日の三月十三日を東京で親交のあった文学者たちが「碑銘」より花幻忌と命名し、花幻忌会が開かれた。以後毎年開催されている。
一九五三年（昭和二十八年）
三月、『原民喜作品集』（全二巻）角川書店。
「近代文学」六月号に未発表童話三編「もぐらとコスモス」「誕生日」「屋根の上」。
一九五四年（昭和二十九年）
八月、『夏の花』（文庫）角川書店。
一九五六年（昭和三十一年）
八月、『原民喜詩集』（文庫）青木書店。
一九六五年（昭和四十年）
三月、花幻忌会主催で、東京・紀伊國屋ホールに於いて、原民喜記念講演会開催。講師は伊藤整、丸岡明、埴谷雄高、大江健三郎、草野心平。
八月、『原民喜全集』（全二巻）芳賀書店。
一九六六年（昭和四十一年）
二月、『原民喜全集』（普及版・全三巻）芳賀書店。
一九六七年（昭和四十二年）
二月、広島にて『原民喜全集』刊行記念会。七月、破損の激しくなった広島城跡の詩碑を、原爆ドーム東側に修復移設。七月二十九日除幕。
一九七〇年（昭和四十五年）
七月、『夏の花』晶文社。
一九七三年（昭和四十八年）
五月、『夏の花・鎮魂歌』（文庫）講談社。
七月、『夏の花・心願の国』（文庫）新潮社。
一九七七年（昭和五十二年）
二月、小海永二『原民喜─詩人の死』国文社。
十二月、『ガリバー旅行記』晶文社。
一九七八年（昭和五十三年）
八月から十一月、『定本原民喜全集』（全三巻）青土社。
一九七九年（昭和五十四年）
三月、『定本原民喜全集』（別巻）青土社。
一九八〇年（昭和五十五年）

七月、川西政明『ひとつの運命。原民喜論』講談社。
三月、花幻忌会主催で東京・紀伊國屋書店に於いて原民喜没後三十年回顧展開催。
一九八一年（昭和五十六年）
七月、原民喜展実行委員会主催、広島平和文化センター・NHK広島放送局協賛により、広島の旧平和記念館（現・広島平和記念資料館）で、「没後三十周年記念原民喜展」。
一九八三年（昭和五十八年）
三月十三日、広島で初めて「花幻忌会」開催。遠藤周作、佐々木基一、川西政明らを迎えて碑前祭と、公開座談会「原民喜を語る」があった。
八月、『日本の原爆文学①原民喜』ほるぷ出版。
仲程昌徳『原民喜ノート』勁草書房。
一九八四年（昭和五十九年）
四月、『中学生の文学⑩夏の花』ぽぷら社。
一九八五年（昭和六十年）
七月、『日本の文学40　友よ・夏の花・原爆詩』金の星社。
一九八八年（昭和六十三年）
六月、『夏の花』（文庫）岩波書店。
一九九三年（平成五年）
五月、『夏の花』（文庫）集英社。
一九九四年（平成六年）
十二月、土曜美術社出版販売の『日本現代詩文庫100原民喜詩集』（今回はこの文庫の改訂・再版である）。
一九九五年（平成七年）
六月、『ガリバー旅行記』（講談社文芸文庫）講談社。
七月、『原民喜戦後全小説　上』（講談社文芸文庫）講談社。
八月、『原民喜戦後全小説　下』（講談社文芸文庫）講談社。
一九九六年（平成八年）
一月、小沢美智恵『嘆きよ、僕をつらぬけ』河出書房新社。
一九九八年（平成十年）

四月、作家の自伝71『原民喜』日本図書センター。
七月、蒲山久夫『「ヒロシマ」天使の歌―原民喜の残像―』宝文社出版。
二〇〇〇年（平成十二年）
十月から十一月、神奈川近代文学館で「原爆文学展ヒロシマ・ナガサキ―原民喜から林京子まで」開催。
二〇〇一年（平成十三年）
三月、広島で「原民喜没後五十周年記念回顧展」を開催。シンポジウム「原爆文学を読み継ぐために」も併催。寺島洋一『雲雀と少年』文芸社。
七月から八月、「広島に文学館を！市民の会」主催で被爆建物旧日本銀行広島支店で「原爆文学展―五人のヒロシマ」開催。原民喜、峠三吉、太田洋子、正田篠枝、栗原貞子の資料展。
八月、東京、キッド・アイラック・アート・ホールにて、原民喜花幻忌会（東京）主催で「原民喜〈没後五十年〉展」及び川西政明の記念講演「原民喜・人と文学」を開催。
二〇〇二年（平成十四年）
広島花幻忌の会の機関誌「雲雀」創刊。〇八年夏までに八号を発行。同時に会員への連絡会報誌「近状通信」も発行し、〇九年二月までに三九号を発行している。
二〇〇三年（平成十五年）
八月、岩崎文人『原民喜―人と文学』勉誠出版。
二〇〇五年（平成十七年）
十一月、原民喜生誕百周年記念イベントとして、原民喜文学展と竹西寛子の記念講演〈「夏の花」の喚起〉を広島で開催（主催広島花幻忌の会、広島市まちづくり市民交流プラザ）。
二〇一〇年（平成二十二年）
一月より、福山文学館にて「原民喜展」を開催予定。

＊この年譜は、青土社版『定本原民喜全集Ⅲ』の年譜や講談社文芸文庫『原民喜戦後全小説　上』の年譜を参考に海老根勲と長津功三良が作成して、竹原陽子と進藤裕美が補完し、著作権継承者である甥の原時彦が校閲した。

《この作品は一九九四年十二月に小社より刊行しました『日本現代詩文庫100　原民喜詩集』に、グラビア「原爆被災時のノート」を新たに加え、解説を改編した改訂版です。》

新・日本現代詩文庫 64 新編 原《はら》 民《たみ》喜《き》詩集

発 行 二〇〇九年八月六日 初版
著 者 原 民喜
装 幀 斉藤 綾
発行者 高木祐子
発行所 土曜美術社出版販売
〒162-0813 東京都新宿区東五軒町三―一〇
電 話＝〇三（五二二九）〇七三〇
FAX＝〇三（五二二九）〇七三二
郵便振替＝〇〇一六〇―九―七五六九〇九
印刷・製本 モリモト印刷
ISBN978-4-8120-1743-2 C0192